迷
ILL
た
JN105287
黒鵜姉妹の
異世界キャンプ飯［1］
KUROU SHIMAI NO
ISEKAI CAMP-MESHI
ローストドラゴン×腹ペコ転生姉妹

黒鵜美味
くろう みみ
『はぐはぐはぐはぐっ！』

「このテント、
もしやモンスターだったりするか？」
「おおっ、よく分かりましたね。
実はそうだったりするんです。
こう、内側からテントを
くすぐってやるとですね」
「ニャニャニャー！」
がテントをくすぐった直後、
らか猫のような鳴き声が聞こえて来た。

黒鵜甘露
くろう かんろ
ブルジョン・グロス
「どうどう!? 美味しい? ねえ、美味しいかしらん!?」
美味とイータはブルジョンが用意してくれた手料理を、
それはもう凄い勢いで食していた。
空腹を満たす為、死に際から這い上がる為、至福を味わう為、
諸々に必死である。

迷井豆腐　ILLUST たん旦

黒鵜姉妹の異世界キャンプ飯［1］

KUROU SHIMAI NO ISEKAI CAMP-MESHI

ローストドラゴン×腹ペコ転生姉妹

CONTENTS

第一章　ローストドラゴン

新緑に染まる木々が震え、数多（あまた）の鳥達（たち）が空へと飛び立つ。同時に足元に伝わって来たのは、何か巨大なものが大地を踏み鳴らしているかのような地響きだった。

「お、おい、これって……」

「ええ、相当近いですね」

「今回の討伐対象、ではないよね……？」

深い森の中で身を潜めていた三人が、恐る恐る顔を上げて辺りを見回す。

「と、取り敢（あ）えず、まだ視界に入るほどの距離にはいないみたいだな」

「ハァ、良かった……じゃないよ！　ねえ、この依頼おかしくない!?　聞いていた内容と全然違うよ!?　畑を荒らす迷惑モンスターの討伐で、私達にもできそうな依頼じゃなかったの!?」

「馬鹿、あまり大声を出すなって。居場所を気付かれるぞ……！」

「あっ、ご、ごめん……」

剣を背負った少年にそう注意され、ぶかぶかのとんがり帽子を被（かぶ）った少女が、声を殺しながら謝罪する。その間にももう一人の眼鏡の少年が周囲警戒に努め、足音の向かう方向が変わっていない事から、この騒ぎの元凶はまだ自分達に気付いていないと判断。眼鏡の少年はふぅと息を漏らし、このまま通り過ぎるのを待とうと、仲間の二人にハンドサインを送るのであった。

この森の近くにあるガリクの村では、数週間ほど前から何ものかによって作物を食い荒らされる被害が頻繁に起こっており、住民達の悩みの種となっていた。丹精込めて作った作物にこれ以上の被害を出す訳にはいかないと、冒険者ギルドにモンスターの駆除を要請。その流れでこの場所へとやって来たのが、最近になってD級冒険者に昇格した彼らのパーティであったのだ。

「うう、依頼の難度はD級相当だった筈なのに……」

「確かにその点は疑問ですね。この辺りで畑を荒らすモンスターといえば、コボルトやゲリララクーン、強いものでもグリズリーボアが精々だった筈ですから」

「お、おう、そうなのか？　お前、ホント博識だよな」

三人は身を潜めながら、ヒソヒソと小声で話をする。

「事前調査をしておくのは当然じゃないですか。ですがこの森をいくら調査しても、それらのモンスターと遭遇する事はありませんでした。恐らくあの謎のモンスターが現れた影響で、森から逃げ出したんでしょうね。そして、このモンスターは僕達の依頼とは全くの別件です。絶対に難度D級の依頼ではありません」

「それは同感だよ……でもそれじゃあ、私達が探していた畑荒らしは？」

「ああ、なるほどな。さっきこいつが言っていた通り、畑荒らしの方はもう逃げ出した後って訳だ。ったく、完全に無駄骨じゃねぇか……」

「まあ、ある意味で依頼は達成されたようなものですけどね。村人達がどうにかしたかった畑荒らしは、この辺りを去った訳ですから」

「でもでも、私達が倒した訳じゃないから、それじゃあ報酬が貰えないし、何よりもガリクの村の危機じゃない。状況悪化してるっての……！　ど、どうする？」

「どうするって言っても、なぁ？」

「……僕達の力で元凶を討伐するのは無理です。ギルドにこの事を報告して相応の応援を要請、村の方々には避難してもらう。これがベストでしょうか」

三人は話を纏め、今後の方針を決めたようだ。元凶にはまだ気づかれていないし、撤退するならば今が好機――なのだが、その前にもう一人、いや、もう一組声を掛けておかねばならない相手がいた。実のところ、今回の依頼を受けていたのは彼らだけでなく、もう一組のパーティも合同で参加していたのだ。

「あの、カンロさん、でしたっけ？　僕達ではこの状況をどうする事もできないので、今直ぐに撤退しようと思うのですが……」

眼鏡の少年がそう話し掛けた先にいたのは、光を編み込んだが如く輝く金髪を、ツインテールに束ねた少女だった。少女と言っても、彼女は冒険者達よりも随分と幼い。１５０センチも背丈がなさそうな少女は、恐らく年齢もそれ相応なのだろう。冒険者をやるにしては一見幼過ぎる、カンロというこの少女であるが、彼女はこんな状況なのにも拘わらず全く気にする様子もなく、何やら忙しそうに手を動かしていた。

「わあ、こんなところにオリブの木が自生してる。実も良い感じに生ってるし、少しだけ貰っておこうかな。生態系への影響を考えて、採り過ぎないように注意して、っと」

そんな独り言を呟きながら、近くの木から何かを採取するカンロ。少年の声が聞こえていないのか、一心不乱である。

(((こんな状況で採取してる……!?)))

心の中で三人の声が一致する。あり得ない行動に、そして凄まじい集中力に、驚きを隠せなかったのだ。

「あ、あの、カンロさん……？」

「え？　ああ、すみません。何の話でしたっけ？　この森、自生している植物が豊富で、つい採取に夢中になってしまいまして」

二度目の声掛けに、カンロは漸く気付いたようだ。ツインテールを揺らしながら彼女が振り返ると、幻想的な紅の瞳が三人の冒険者達に向けられる。更にだ、彼女はハッとする

ほどに美しく、可愛らしかった。この世のものとは思えない美貌に、三人の意識はすっぽりと抜け落ちてしまう。道中にも何度か目にしていた筈なのに、その美しさに抗う事ができなかった。

「「「……」」」

「……あの？」

「ハッ!? す、すみません。ええと、実はですね——」

正気に戻った眼鏡の少年が改めて撤退を提案、しかしカンロは首を横に振る。

「すみません。先ほど姉が森の奥に入って行きましたので、私はこのまま残ろうと思います」

「えっ？　あ、そういえば、ミミさんがいない!?」

三人が急いで辺りを見回す。カンロはミミという姉と二人でパーティを組んでおり、ついい先ほどまで二人揃ってこの場所にいた筈だった。しかし、いない。森の奥をいくら凝視しても、少女の姉らしき姿は見当たらなかった。

「クソッ、何でこの状況で進んだんだ！　しかも単独で！」

「二人共、声が大きくなってます。一旦冷静になりましょう」

「で、でもっ……！」

どうやらこの冒険者達は結構なお人好しらしく、急な合流となった他パーティの、殆ど他人でしかない少女の姉の事を真剣に心配していた。相変わらず感情の起伏の少ないカンロとは、真逆の反応といえるだろう。だが、時間がない。カンロの姉はもちろん助け出したいが、このままではガリクの村も危ないのだ。三人は悩む、どちらを優先すべきかを。

「あの、撤収するのであれば、私達の事はお気になさらないでください。私達、元からアレを討伐するのが目的ですから」

「「「えっ？」」」

無表情のまま、しかし彼女は確かにそう言い切った。次いで「心配してくださり、ありがとうございます」と、頭を深々と下げるカンロ。10歳やそこらで冒険者をやっている幼い少女が、ここまで礼節を重んじている事に三人は驚かされたが、それ以上に彼女達の目的が気に掛かった。

「カ、カンロさん、それはどういう……？」

「……？　ええと、そのままの意味ですが。あ、いえ、言われてみれば、確かにそれはちょっと違うかも、ですかね。討伐はあくまでも手段で、私達が求めているものは――」

カンロが何かを訂正しようとする。が、ちょうどその時になって、森の奥から何かが、猛烈な勢いで飛び出して来た。急な出来事に冒険者達はビクリと体を震わせる。但し不味いと思うと同時に、おかしいとも感じられた。飛び出して来たものからは、モンスターが放つような殺意がまるでなかったのだ。

「――甘露ちゃーん！　あっちに開けた場所があってね、焚き火台作っておいたよー！　これでいつでもレッツクッキング！　お姉ちゃん、すっごく頑張って来ちゃったー！　褒めてーッ！」

次の瞬間に巻き起こったのは、女性のものとは思えないほどに響き渡る、大きな大きな叫び声であった。

尋ね人とは直ぐに再会する事ができた。カンロの姉であるミミが、爆音な叫び声と共に森の奥深くから現れたのだ。笑顔で両手を振りながら、さながら主人に褒めてほしそうな忠犬のように。

ミミは黒く艶やかな髪を腰まで伸ばす、これまた飛び切りの美貌の持ち主であった。髪色はカンロの金髪とは相反し、瞳の色も黒色で異なってはいるが、カンロの時と同じく、油断すれば直ぐに見惚れそうになってしまう。まだまだ幼いカンロとは違って、体格もより女性らしいものとなっている。率直に言ってしまえば、胸も大きい。但し、彼女の背には女性が使うとはとても思えないほどの、大剣らしき得物があった。得物から発せられる威圧感は凄まじく、何やらただならぬ雰囲気が漂っている。だが、冒険者達は今はそれ以上に――

「甘露ちゃーん、お姉ちゃんの声聞こえてるー!?　お姉ちゃん、頑張って大声出してるよー！　あっ、皆さんも一緒でしたかー！」

「「「ミミさん、声が大きいぃー！」」」

――ミミから発せられる大声をどうにかしたかった。

「えー!?　何ですかー!?　何か言いましたかー!?　あっ、分かりました！　その興奮した様子から察するに、何か美味しいものでも見つけたんですねー!?　良いな良いなー！　私にも教えてくださいよー！」

「「「ああーッ！」」」

冒険者達が制止する声は、最早悲鳴染みたものと化していた。それもその筈、この森に発生した謎のモンスターの足音が、ミミの声を聞きつけ、自分達の方へと方向転換したのを感じ取ったのだ。バキバキと木々を薙ぎ倒し、土煙を上げながら、巨大な何かが迫って来る。こちらへと駆けるミミの背後から、猛烈なスピードで迫って来る。そんな悲劇的な光景を目の当たりにすれば、悲鳴の一つも上げたくなるものだろう。

――バキバキバキバキッ！

そして遂に、謎のモンスターが木々の奥から姿を現した。黄土色の堅牢な鱗を全身に備え、四足歩行で地を這い、頭部の二本角で地面を抉りながら突き進む、巨大な恐竜のようなモンスターだった。言うなればそれは——ドラゴンである。

「ブゥオオォォ————ン！」

「あ、あれって、地竜か!?」

『地竜』、進化の過程で翼がなくなり飛ぶ手段を失ったが、その代わりに地を駆ける事に特化したドラゴンの一種である。大国の中には野生の地竜を使役、或い(ある)は繁殖に成功したところもあり、敵陣の突破に適した騎竜部隊として軍事利用される事で有名だ。そういった経緯もあり、ドラゴンの中では比較的目にされやすい種族ではあるのだが、どうも眼前の地竜は様子が違うようだった。

「いやいやいや！　サイズが全然違う、違うから！　地竜は都会で何度か見掛けた事があるけど、あんな化け物サイズじゃないからッ！」

そう、ぶかぶか帽子の少女が言う通り、大国で使役される地竜とはサイズが全く異なっていたのだ。一般的に目にする地竜は、それこそ馬よりもひと回り大きい程度でしかない。しかし、今現在こちらへと突貫を仕掛けようとしているこの地竜は、這った状態でも森に自生している木々と同等の高さを誇っており、それこそ人が騎乗できるような代物ではなかった。どんな大木もひとかじりで完全粉砕し、通り道のあらゆるものを破壊し尽くす——既知の地竜とは全く異なる、桁外れの怪物なのである。

「お、俺ら、こんなところで終わっちまうのか……？」

「ジャック、勝手に諦めないでください！　急いで逃げますよ！　ほら、セシルさんも！」

「で、でも、でも、腰が抜けちゃって、動けない……」

「なら僕が担ぎます！」

先ほどまで選択を悩んでいた冒険者達も、こうなってしまえば逃げるしかない。眼鏡の少年、エッジが腰を抜かしてしまったセシルを大急ぎで担ぐ。

「すみません、混乱させてしまいましたね。美味ねえはちょっとだけおっちょこちょいで、少しだけ空気が読めないんです。妹として、日々苦労の連続なのです……」

いつの間にか三人に近づいていたカンロが、予めこの事態を予想していたかのように、そんな言葉を口にする。こんな絶望的な状況に陥っても、カンロの表情や態度に変化は見られない。強いて言えば、やっぱりこうなったかと少し呆れている程度のものだ。本来であれば絶句する場面であるが、エッジ達には最早そんな余裕も残されていなかった。

「問答をしている暇はないです！　カンロさん、自力で何とか逃げてください！」

「いえ、その必要はありませんよ。と言いますか、こうなってしまった以上、好き勝手に動かれるのは逆に危ないので、その場で伏せていて頂きたいのですが」

「ッ!?　カ、カンロさん、貴女は何を言って……!?」

「おい、やばいって！　ミミさんが地竜に追い付かれるぞ！」

ジャックの声を受け、殆ど反射的にエッジが振り向く。ミミは地竜に追い駆けられ、もう衝突する間際のところにまで距離を詰められていた。腹を空かせた地竜の鋭利な牙が届くまで、あと数秒も掛かりそうにない。エッジに担がれたセシルなどは、悲惨な光景を見たくないと、自らの手で目を隠していた。絶体絶命、考えたくなどないが、自然と思考がネガティブに染まってしまう。

「大丈夫ですよ。美味ねえは多少ドジでピントが外れていますが、愚かではありませんから」

「で、ですが――えっ？」

エッジ達の視線の先にいたミミは、走るのを止めていた。立ち止まり、地竜の方へと振り返っていた。いや、得物を抜き、地竜を迎撃しようとしている、と言った方が正しいだろうか。彼女が背中から取り出したのは、包丁を大剣サイズにまで巨大化させたような武器であった。片刃の得物が怪しく光り、先ほど感じさせた異様な雰囲気を、より強く解き放とうとしている。

「うーんと、誘き寄せるのはここまでで良いかな？　キャンプ場所、そして皆とも近いベストポイント！　うーん、今からヨダレが凄い事に！」

笑顔を輝かせ、同時に口元から輝く食欲の証を垂れ流すミミ。得物を構えてはいるが、こんな気の抜けた状態で巨大地竜と激突しようものならば、即死は免れない。冒険者三人（一部セルフ目隠し中）の誰もがそう思った次の瞬間、目にも留まらぬ剣速でミミが武器

を振るっていた。

「錣刃裂（ウィング）！」

巨大な刃から放たれる、更に強大な飛ぶ斬撃。地竜をど真ん中から両断するようにして、放たれた斬撃は巨体を通り過ぎて行く。

「「なあっ!?」」

「うわーん、もう終わりなんだー！　こんな事ならダイエットしないで、もっと食べておくべきだったー！」

見た事もない剣術（？）に驚くエッジとジャック、目を隠していたが故に、未（いま）だ絶望の底にいるセシル。まあどちらにせよ、双方とも状況を呑（の）み込めていないという点では一緒である。

「オオォ……!?」

ミミが放った予想外の攻撃を食らい、両断されたかと思われた地竜。しかし、なぜか外傷らしい外傷は確認できない。確かに斬撃が地竜の肉体を突破した筈（はず）なのに、地竜からは血の一滴も出ていないのだ。但し、先ほどの一撃で気絶してしまったのか、力強く駆けていたその手足には全く力が入っていない。

「まあ、それでも急に止まる筈がないのですが」

カンロの冷静なツッコミ。彼女が指摘する通り、地竜が走るのを止めたとしても、スピードは急には殺す事ができない。つまるところ今の地竜は、車でいうところの居眠り運転状態にあるのだ。操縦する意思を失った巨体が、超スピードのままミミへと迫る。

「ふんぬっ！」

「「ッ!?」」

「都会の美味しいケーキとか、友達が自慢していたお洒落なランチとか、散財しておけばぁーー！　私の馬鹿馬鹿ーー！」

あろう事か、ミミは迫る地竜の巨体を正面から受け止めようとしていた。ズン！　と、大型車両が正面衝突したかのような、途轍もない衝撃音が辺りに鳴り響く。その瞬間に巻き起こった大きな土煙で視界が塞がれてしまい、ミミがどうなったのかは不明。セシルの叫びばかりが耳に入り、必要な情報が入って来ない。エッジとジャックは唾を飲み込みながら、視界が回復するのを待った。

◇　◇　◇

ミミと巨大地竜の正面衝突、あの巨体をミミが止められる筈がなく、彼女を踏み潰した後に、暴走状態となった地竜がこちらにまで雪崩れ込んで来る……と、普通に考えればそうなるだろう。だが、正体不明の剣術を操り、地竜を気絶させるほどの実力がミミには備わっていた。最早、どのような結果になるのか予想できない。土煙の中から出て来るのは地竜か、それともミミか。冒険者達は祈る。どうにか無事であってくれ、自分達を助けてくれ、と。そして、次の瞬間に現れたのは――

「ねえねえ、甘露ちゃん。鱗も香ばしく炙れば食べられないかな？　ほら、魚の鱗煎餅みたいに」

「駄目ですよ、竜の鱗は可食部じゃないんですから」

「ガーン！」

「「「……」」」

――想像以上に無事なミミであった。というか、いつの間にか移動していたカンロと雑談までしている。そして会話内容が凄く緩かった。

「あっ、皆さん大丈夫ですかー？　元気なさそうですね、お腹減ってます？　私は依頼が達成できて嬉しいし、お腹の減り具合も良い感じ！　全て計算通りです、イエイイエーイ！」

両手でピースサインを作りながら万歳をする、何とも幸せそうなミミ。エッジ達はこの光景を理解するのに、今から数分ほどの時間を要する事となる。その間、開いた口は塞がらないままだ。

「……美味ねえ、どうやら皆さんはお疲れのようです。少しそっとしておきましょう。それよりも新鮮なうちに、先にこちらを済ませるべきかと」

「おっと、流石は甘露ちゃん。その冷静な判断、お姉ちゃん助かっちゃう！　うーんと、体は鱗とかで硬そうだし、口の中からやっちゃう？」

「ですね。美味ねえ、口を開けたまま固定してもらっても？」

「オッケー！　ふんぬっ！」

　シャッターを開けるが如く、ミミが地竜の大きな口をガパリと持ち上げる。その隙にカンロは臆する事なく、地竜の口の中へと入って行ってしまった。

「……ハッ！　あ、あまりの光景に目を疑い脳を停止させてしまった……！　ん？　彼女達は何を？」

　一足先に意識が復旧したエッジ。が、目の前のカンロ達がまた不可解な行動をし始め、何事かと眉をひそめる。

「うー、口の中くちゃーい……」

「それくらい我慢してくださいよ。もろに中に入ってる私なんて、においが付かないか心配するレベルですから。ですが、やはり大きいですね。作業にも少し時間が掛かるかもです」

「そこは迅速に、超特急でお願いします！　お姉ちゃん、臭いの嫌だもん！」

「はいはい、可能な限り急ぎますよ。鮮度は保ちたいですし」

カンロが地竜の舌に、右手の人差し指を向ける。すると、彼女の指先は次第に変形し、鋭い針の如く尖り始めた。遠目かつ視力が悪いのもあって、エッジの目にはその様子が、ぼんやりとしか映っていない。

（……？　カンロさんが地竜の舌に、指先を突き立てた？）

正しくは尖らせた指先を舌に突き刺した、である。

――ゴッキュゴッキュ！

次いで聞こえて来るは、結構な大きさの吸引音であった。外には漏れていないが、地竜の口内にて木霊する程度には鳴り響いている。

「どうどう、美味しい？　もう死んでるから生き血じゃないけど、すっぽんみたいな感じなのかな？　そんな高級品、見た事もないけどね！」

「もう、静かにしてくださいよ、美味ねえ。いつも言ってますけど、別に味わっている訳じゃないですから。ただの血抜きです。抜き取った竜の血液は、まあ他の用途で有効活用させてもらいますよ」

「わあ、手広くやってるね！　よっ、流石は我が家の金庫番！　頼りになる～！」

「……美味ねえ、静かにしてって話、聞いてました？　次の食事、抜きにされたいんですか？」

「あ、はい。お姉ちゃん黙ります。お口にチャックします」

以降地竜の口を持ち上げたまま、不動&無言となるミミ。食事を抜かれるのは、彼女にとって死活問題であるらしい。

「……ハッ！って、うわあああ！　ち、地竜!?」

そうこうしている間に、ジャックとセシルが意識を取り戻したようだ。尤も、眼前に倒れ伏す巨大地竜の姿にまたショックを受けているようだが。エッジはそんな二人を落ち着かせ、ミミ達にお礼を言いに行く事にした。

「あ、あの、ミミさん、助けてくれてありがとうございました。しかし、これほどの怪物を倒してしまう貴女は、一体何者なんですか？」

「……」

「……えっと、ミミさん？」

「ああ、すみません。姉は今、お口にチャック状態でして、暫く黙ったままだと思います」

「は、はあ、チャック、ですか？」

「なあ、チャックって何だ？」

「さあ？　都会の有名人かな？」

言葉の意味が分からず、顔を見合わせる三人。

「あー、そうですか。うん、そうですよね……取り敢えず、今の姉はご飯が食べたくて必死になっているんですよ」

――ぐううぅ～～～！

「「「……」」」

カンロの言葉を肯定しているのか、ミミがお腹の音で返事をして来た。一同唖然(あぜん)、珍しく今回は、カンロも呆(あき)れたような表情を作っている。

「そ、それはさて置き、カンロさんは地竜の口(そんなところ)の中で何をされているんです？　いくら地竜が気絶しているといっても、流石に危ないですよ」

「いえ、それは大丈夫ですよ。もうこのモンスター、絶命していますし」

「えっ？　し、死んでるの？　本当に大丈夫？　バッと起き上がったりしない？　見た感じ、全然傷を負っているようには見えないよ？　それに地竜って、私達(たち)の知る普通サイズの個体でも、全然剣を通さないんだよ？」

「しかもだ、この巨大な地竜ともなれば、尚更(なおさら)頑丈な筈だ。それを一撃で倒せるものなのか？」

「ここぞとばかりに質問して来ますね……まあ、良いです。ええと、どんなに大きくて頑丈な生物でも、真っ二つに両断されたら即死しますよ。もちろん中には例外的な生物も存在しますが、このモンスターにそんな能力(スキル)はありませんでした。従って、今のこの状況は当然の帰結です」

「「「ん、んんっ？」」」

微妙に話が嚙み合っていないカンロの言葉に、三人は首を傾げる。

「話を戻しますが、今私がやっているのは血抜きです。これ次第で肉の味が左右されますからね、早くやるに限ります」

「「「ち、血抜き……？」」」

　血抜き、獲物を仕留めた際に、肉の腐敗を防ぐ為に行う狩猟の必須行為。もちろん、その言葉の意味自体は、エッジ達も何となく理解している。冒険者をやっている以上、実際に目にした事も少なくない。だがしかし、指先を地竜の舌に当てるカンロの行為は、果たして彼らの知る血抜きと同じものなのだろうか？　少なくとも彼らの記憶には、そんな血抜きの方法は存在していなかった。

　――ゴッキュゴッキュ！

「えっと、この音は何だろう？　さっきからずっと鳴っているみたいだけど……？」

地竜の口を持ち上げるミミの横から、内部を覗き込む三人。どうやらその音は、カンロの指先から鳴っているようで。

　――ゴキュ、ゴキュキュ、ズズ、ズ……！

　そんな事をしている間にも、謎の吸引音は変化を遂げる。吸い込みが先ほどよりも弱くなっているような、そう感じさせる音に切り替わっていた。

「ん、そろそろ取り出す適量ですね。血抜き完了、と」

地竜の舌から、ズッと指先を抜き取るカンロ。彼女の指先にはドロッとした赤い血液が大量に付着していた。カンロが色白な肌をしているのもあって、仄暗い口の中でも、その色合いは大変に目立つ。そしてこの時になって初めて、エッジ達は鋭利な形となったカンロの指先を目にするのであった。

「え、えええ、ええと、カンロさん？　僕の目が更に悪くなったのでなければ、貴女の指先その、あの……ジャック、セシルさん、僕の目腐ってます⁉」

「おちおち、落ち着けエッジ！　いつも冷静なお前が取り乱してどうする⁉　こんな時こそ深呼吸、そう、深呼吸だ！　人間の指先はもっと丸っこいもんな、きっと見間違いだ！」

「だよだよ、だよねぇ！　あーもー、さっきの緊張がまだ残っていたみたい！　私も目が疲れてるなぁこれはー！」

同時の現実逃避をし始める冒険者達。それほどまでに、今の光景はショッキングだったのだろう。一般的な反応としては、まあ正しくはある。

「あ、私吸血鬼なので、自前で血抜きができるんですよ。普通にするよりも速くて便利です。ふふん」

「「「えぇーッ⁉」」」

しかし、カンロはそんな冒険者達の気持ちなど酌むつもりはないのか、少しだけ自慢気に、さっさと正体を明かしてしまうのであった。

◇　◇　◇

「美味ねえ、そろそろ火を点けて良いですよ。粗方の下準備は終わりましたので」

「……」

「……もう喋っても大丈夫ですよ？」

「え、そう？　よーし、お姉ちゃん頑張って火起こししちゃうもんね！　私の雄姿、見ていてね！」

「はいはい、心の目でしっかり見ていますから。と言いますか、アレがあるから直ぐでしょうに」

「それでも勢いは大事！」

「「「……」」」

　エッジ、ジャック、セシルの三名は、無言のまま椅子に座っていた。彼らの目の前には焚き火台があり、その上には鉄網がセットされている。まるでこれからバーベキューでもするかのような、そんな準備態勢がバッチリと整っていたのである。

「うっ、頭が痛い……！」

「エッジ、しっかりしろ。精神に負った傷は浅くはないと思うが、その思いは皆同じだ、多分……」

「うう、情報量が多い、多いよぉ……」

一様に頭を抱えるエッジ達。どうして彼らが頭を抱えているのか、その経緯を説明しよう。

まず、カンロによる大胆過ぎる吸血鬼カミングアウトについて。この世界における吸血鬼とは、殆ど伝承上に伝えられる生物でしかなく、一般人は地獄に棲まう凶悪な最上級モンスター、または悪魔の一種というアバウトな印象しか抱いていない。過去には吸血鬼と思しきモンスターが発生し、ギルドに所属するS級冒険者がこれを討伐したとされる記録も残っているが、それさえも百年以上昔の記録だ。つまるところ、カンロが吸血鬼を自称しても、それを確かめる術がない。術はないが人間でない事は確かなので、取り敢えず三人は恐怖する事しかできなかった。

『あ、これギルドが発行してくれた、私のギルド証です。ほら、ここに吸血鬼であると認めた上で、冒険者ギルドの一員である事を保証すると、そう記されています。要は吸血鬼ではあるけど、人々に危害を加える事は絶対にないと、ギルドが断言しているんですよ。ですから、そう緊張なさらないでください。私、人の血なんて飲みませんし』

しかし僅かに恐怖したのも束の間、ギルド証を取り出したカンロから、そんな説明を受ける。エッジが確認すると、確かに彼女のギルド証にはそのように記述されていた。専用のスキルを習得していない為、ギルド証自体が偽物かどうかまでは分からなかったが、これまでの行動から察するに、自分達に嘘をつく意味はないと判断。一先ずエッジ達は、カンロの言葉を信じる事にした。

「吸血鬼って実際に存在したんだね、未だに信じられないけど……」

「俺としては、その次の出来事の方が信じられなかったんだが……」

「ええ、あれも強烈でしたね……」

次に思い起こされるのは、ミミによる巨大地竜の解体作業であった。戦闘でも使っていた大剣を用い、瞬く間に地竜の全身をバラしていくミミ。角、鱗、爪、部位ごとの肉、内臓――あろう事か数分ほどの短い時間で、地竜の体は綺麗さっぱり素材へと解体されてしまったのである。元が大きかったのもあって、解体された後の素材も山のような量であった。

「ミミさん、『解体』のスキルを持ってるとか言ってたけどさ、それでもあんな短時間で終わらせられるものなのかな？」

「あれだけ戦闘力が並外れていましたから、解体の技術も同じくらい次元が違うという事でしょうか。どちらにせよ、僕達の常識とはかけ離れ過ぎていて、正しく評価できるレベルのものではありませんよ」

「だねぇ……あ、そういえばさ、あの山みたいな素材をしまったカンロさんのポーチ、もしかしなくてもマジックアイテムかな？　私の憧れ、『保管』機能がついてるやつ！」

ミミが築いた素材の山を崩したのは、セシルの言うカンロのポーチであった。内部が別次元へと繋がっており、中に入れたものの時間を停止させる力、それが『保管』という名のスキルである。本来スキルは生物が持つものであるが、極稀にスキルを持つアイテムが存在する。それら希少なアイテムは『マジックアイテム』と呼ばれ、大変価値あるものとして世界中の国々から重要視されているのだ。

「あれだけの素材を収納できるって凄いよね。良いなぁ、私も欲しいなぁ」

「馬鹿、そんな凄い機能を持つマジックアイテム、一体いくらすると思っているんだよ、セシル？」

「えっと、どれくらい？」

「マジックアイテムのスキル等級にもよりますが、最も安価なものでも、D級冒険者である僕達が全員で節約生活をした上で、数年以上休みなく稼ぐ必要があるのは確かですね。そもそも市場に出回るものでもありませんし」

「うげぇ、それ無理ぃ……」

『保管』のスキルは商人などといった非戦闘職でしか覚える事ができない為、冒険者業を営む者達の殆どはその対象にない。それ故に『保管』の力を持つマジックアイテムは、冒険者達にとって憧れのアイテムの一つとなっているのである。ただ、そこに至る為の道のりの長さに、セシルは早々に諦めてしまったようだ。

「まあ、そんなマジックアイテムを持っている時点で、ミミさんとカンロさんが如何に只者じゃないかって事が分かるのですが」

「ああ、それだけは俺も分かったよ……で、さ。今のこの状況は何なんだろうか？」

「えっと、確かミミさんに折角だからって、食事に誘われて……」

「断るのも失礼、というよりも勇気がなかったので、そのまま付いて来た次第です」

そう、ポーチに素材をしまい終わった後、エッジ達はミミに食事に誘われたのだ。二人の後を追い森を進んで行くと、数分ほどで開けた場所に到着。そこにはミミが作ったと言っていた焚き火台、更には人数分の椅子、調理用のテーブル、そしてなぜかテントまでが準備されていた。

「いやあ、この場所を荒らされないようにお肉さ――コホン、ドラゴンさんを誘導するのは大変でした！」

「「……」」

今、地竜を肉って言った。そう思う三人であったが、声には出さないでおいた。

「お姉ちゃん、頭を使って体を動かして、お腹が超絶ぐうぐう！　甘露ちゃん、早く食べよ！　ご飯の時間にしよう!?　レッツイーティング！」

「お腹が空いて、更にテンションが上がっている感じですね、美味ねえ。いつにも増して、凄くうるさいです」

「ああ、酷いッ！」

「冗談ですよ。ちなみに、皆さんも色々と思うところはあると思いますが、まずはお腹を満たしましょう。ちなみに、お肉が食べられない方はいますか？　宗教上の理由ですとか、好き嫌いがあるとかで」

「い、いや、俺達は大丈夫だけど……あの、確認するけど、まさかこれから食べようとしている、その肉ってのは……？」

「はい！　当然、さっきのドラゴンさんのお肉ですよ！　沢山ありますし、おかわりし放題です！　お肉さんのお肉さん！」

「「「……」」」

やっぱりそうか！　と、三人は心の中で叫んでいた。一般的にドラゴンは狩りの対象ではなく、恐怖の対象となるものだ。言わば災害に等しい存在であり、それを食べようとするなど、そもそもそんな発想、普通は出て来ない。エッジ達もその例に漏れず、果たしてドラゴンを食してしまって良いものなのか、無言のまま悩んでしまう。但し、ドラゴンの肉の味に興味があるのも、また事実な訳で。

「な、なあ、どうする？　ドラゴンの肉って言うけど、人が食べても大丈夫なものなのか？」

「噂によれば、トップの冒険者の人達は口にする時もあるって話ですけど……実際のところは分からないですね」

「でもでも、これってある意味チャンスじゃないかな？　ドラゴンのお肉なんて、この先食べる機会なんてまずないと思うし……」

「「「……ゴクリ」」」

危機を乗り越え安堵した為なのか、三人に空腹の大波が襲って来る。未知への恐怖、それは誰しも避けたいと思うものだろう。しかし、今ばかりは食欲が勝り、三人は御相伴に与る事にしたのであった。

◇　◇　◇

ミミがポーチの中から真っ黒な木のようなものを取り出し、それを焚き火台にセットしていく。

「ミミさん、その黒い物体は？」

「あ、これですか？　以前、とある依頼で珍しい果実を採取しに、燃える森に行ったんですけどね」

「も、燃える森？……まさか、『ヒートウッズ』に行ったんですか!? 自生する植物全てが年中燃え盛る特殊品種で、出現するモンスターも凄まじく凶悪とされる、あの!? ぼ、僕の記憶が正しければ、確かB級冒険者以上でなければ立ち入りが許されない、超危険地域だった筈ですが……」

「うーん、森の名前までは憶えていませんけど、多分そのひーとあいらんど？ で、合ってると思いますよ。私達、これでもB級冒険者ですし」

「美味ねえ、ヒートアイランドではなく、ヒートウッズです。都市部の気温上げてどうするんですか。あと、今回の討伐依頼も何とか達成できたので、ギルドに帰って報告すれば、晴れてA級冒険者ですよ、私達」

「あ、そうだったそうだった！ 甘露ちゃん、ナイス指摘！ ご指摘案件！」

ビシリと両手でカンロを指差し、良くやったと褒めるミミ。しかし、そんなテンション高めの彼女とは違って、エッジらはまたまた開いた口が塞がらない状態であった。

「それでですね、その燃える森に出現した燃える木みたいなモンスターを倒したら、何だか木炭っぽい素材が取れてですねー、って、皆さん？ お口が開きっ放しですよ？ どうしました？」

「い、いいえ、率直に言って、驚いてしまいまして……ミミさんとカンロさん、その若さでB級、いえ、A級冒険者になられたんですね、ハハハ……」

「あ、あの、とっても失礼な質問かもですけど、吸血鬼だから見た目より歳を重ねてるとかって、あったりします？　実は100歳以上とか……？」

「ないですね。私は12歳ですし、美味ねえに至っては吸血鬼でもない、普通の人間ですから」

「はいはーい！　私、花の16歳です！」

「す、すげぇ……！」

ジャックが無意識のうちに出した言葉は、彼にとって嘘偽りのない、素直な感想であった。この世界には様々な依頼を冒険者に斡旋して仕事を振り分ける、冒険者ギルドという組織が各地に支部を構える形で存在している。ジャックらはもちろんの事、ミミやカンロもその冒険者ギルドに所属している。

所属する冒険者には実力に見合った等級、所謂ランクが与えられる。誰しも最初はF級から始まり、E級、D級、C級、B級、A級、そして最上級クラスであるS級を目指してランクアップを重ねていく訳だ。ランクアップ方法はその等級の依頼を十回連続で達成するというものだが、C級からB級への昇格からは別途試験があり、よりランクアップが難しくなって来る。

一般的な認識としてはF級は新人扱い、E級が半人前、ジャックらの等級であるD級となる事で、漸く冒険者として一人前であるとされている。その一つ上の等級であるC級ともなれば、冒険者としては熟練の域だ。また、それなりの才能しか持たない者であれば、この辺りがランクアップできる限界とされているラインでもある。事実、冒険者の大半はD級、良くてもC級止まりで引退するのが現実だ。

そこから更に上のランクであるB級は、世界中に数多く存在する冒険者達の中でも、エリート中のエリートとも呼べる存在だ。緊急時における危険な依頼も回って来る事が多く、国が有するであろうトップクラスの戦闘員、或いは単独で騎士団に匹敵する実力がなければ、このクラスでは生き残れないとされている。B級冒険者の全てが何らかの達人であると、そう考えて良いだろう。

そして、その更に上のクラスとなるA級、S級——ここまで来ると、最早その力は人の範疇を完全に逸脱している。剣を振るえば大地が引き裂かれ、魔法を唱えれば嵐が発生——正に選ばれし者の頂点、人の姿をした怪物達が蠢く魔境といえるのだ。呼称は英雄や勇者など様々存在するが、その怪物達の中でも特に戦闘力に秀でたS級は、その者だけが名乗る事を許される二つ名で語られる事が多い。彼らほどの力を持てば、個人で大国と敵対できるともされているが、力が大き過ぎるが故に一般的な物差しや常識で測る事ができず、上位者の実力、その大部分は詳細が明かされていない。

「す、すげぇ……！」

「ジャックの奴、同じ台詞を二回も言ってるよ？　大丈夫かな？」

「ハハハ……確かに今の話はインパクトが凄過ぎましたし、致し方ないかなぁと。でも、うん、Ａ級冒険者なら、あの滅茶苦茶な強さも納得ですよ。なるほど、これがＡ級……！」

「うわ、エッジまで目がキラキラしてる……」

Ａ級冒険者に昇格予定の段階とはいえ、そんな実力者が目の前にいるとなれば、このエッジ少年やジャック少年のように瞳を輝かせる者も、冒険者の中にはまあ少なくはない。何せＡ級以上の冒険者は数が少なく、また危険地域に入り浸っている事が多い為、滅多な事では会える機会なんてものはないのだ。男子であれば一度は憧れる最強の存在、しかもその者が同じ冒険者ギルドに所属しているとなれば、尚更ロマンを感じてしまうのだろう。

「あ、そうだ！　火を点けるところだったんでした！　えっと、木炭を積み上げて、着火剤代わりにボックリンの頭を真ん中に入れて……いざ、着火！」

「おおっ！」

スプレーボトルのような容器を取り出したミミが、そのトリガーを勢いよく引く。すると次の瞬間、ノズルの先から激しい炎が――否、火を起こす時に使える程度の適度な炎が噴出された。拳大ほどの大きさもありそうな松ぼっくり（？）が燃え、次いで木炭もどきが徐々に赤くなっていく。焚き火台に無事炎が移り、パチパチという炭が爆ぜる音も次第に聞こえて来た。

「わあ、何か容器から炎が出たね。便利～」

「ひょっとして、それもマジックアイテムですか？」

「これですか？　マジックアイテムと言いますか、甘露ちゃんが作った便利グッズの一つですね」

「えっ、手作り⁉　すごっ！」

「私、職業が錬金術師（食）でして。ヒートウッズのモンスターから採取した火炎袋と諸々を組み合わせて、いつでも種火を作れるようにしたんです」

「ちなみに私の職業は、見ての通り剣士（食）です！」

「複数の素材を基に、新たなアイテムを生み出すという、あの錬金術師――ん？」

「へー！　私、錬金術師って初めて目にした――ん？」

「なるほどなぁ。やっぱりミミさんは俺と同じ剣士だった――ん？」

　職業の名称の後に、ある筈のない言葉が連なっていたような。そんな疑問が浮かんだ三人は、同時に首を傾げた。

「網にお肉さんから取り出した竜脂を塗って、と……甘露ちゃーん！　こっちは準備万端、いつでもどんと来い！　だよー！」

「私の方も、切り分けが終わったところです」

「「「……え？」」」

しかし、そんな些細な疑問は直後に吹き飛ぶ事になる。カンロが運んで来た皿に盛られていたのは、文字通り山盛りな肉の山。いや、そんな皿が他にも沢山ある為、この場合は山脈、連峰とたとえた方が良いだろうか？　兎も角、見渡す限りの肉であったのだ。

「「さあ、待望のご飯タイムを始めましょうか」」

◇　◇　◇

――ズン！　ドォン！　ダダァーン！

まるで恐竜が行進するが如くの音を鳴らしながら、肉が山盛られた皿が置かれていく。調理用のテーブルやら椅子やらを新たに出さなければ、置き場所に困るほどの質量だ。

「……カンロさん、これは一体？」

「見ての通り地竜の、いえ、正式な名称はグランソルドラゴンでしたか。訂正します。グランソルドラゴンの各種お肉です」

「いえ、そういう事ではなく……もしかして、これ全てを食べるつもりですか？」

「もしかしなくても、そのつもりですよ？　焼くのはセルフでお願いしますね。それと、皿ごとに肉の部位は違いますから。小皿はこれと、箸――ではなく、皆さんはフォークの方が良さそうですね。どうぞ」

「「「あ、どうも……」」」

「やっきにく〜♪　やっきにく〜♪　焼くだけでも肉美味し〜♪　おかわり増し増し〜♪」

すっかり飯モードに入っているミミが、歌いながら自分の席で待機している。どこまでもご機嫌であった。

「と、取り敢えずお肉をご馳走になる、焼くのは自分で、という事は分かりましたね、ええ」

「いやいや、流石にこの量はどうなんだ……？」

「お肉は美味しそうだけど、絶対太っちゃう……！　というか、お腹が破裂しちゃう……！」

ミミに倣って席に座るが、未だ動揺の中にある三人。そんな彼らの様子を察したのは、マイトングを取り出し肉を焼こうとしていたミミであった。

「皆さん、心配は無用ですよ。流石の私だって、これくらいの気遣いはできます。……お肉だけだとバランスが悪い！　副菜とご飯がないじゃないかと、そうお困りなんですよね！」

「「「……」」」

気遣うところが盛大に違うと、三人は再び頭を抱えた。

「ご心配なく、ホカホカご飯は出発前に炊きまくって、『保管』の中に準備済みです。ギルドに無理を言って、遠方から取り寄せてもらったんですよ、お米！　副菜だって、ほら！　さっき私が見つけた、こんなに美味しそうなキノコが――」

「――美味ねえ、それ毒キノコですよ」

不自然なほどに虹色なキノコを取り出したミミに、カンロが速攻で注意を促す。

「ええっ!?　こんなにカラフルなのに!?」

「そんなにカラフルだから、です。そんなキノコを食べずとも、副菜の準備もしていますから。それにお肉の友、ライスも」

そう言ってカンロがポーチから取り出したのは、大きな大きな巨大羽釜であった。木蓋を取ると、中からホカホカ真っ白なご飯が顔を出す。エッジら三人にとって、正直なところ米は見慣れないものであったが、ふっくらかつツヤツヤに炊きあがったご飯を見て、ああ、これも食事の一つなんだなと理解する。立ち上る湯気、微かに香る甘い匂いは、非常に食欲をそそられる。……そそられるが、周りを大量の食べ物で囲まれ、本当にこれ全部食べるの？　と、違う意味で恐怖し始めてもいた。肉の壁、米の壁、更に副菜としての野菜の壁までもが、たった今降臨してしまう。物理的にも肩身が狭い。

「本当ならご飯もこの場で炊きたかったのですが、何分この量を確保するとなると、野外では時間が掛かり過ぎてしまうんですよ。街の厨房をお借りして、事前に炊いて収納して来ました。あ、保管の中では時間が止まっていましたから、今が食べ頃です。もちろんライスのおかわりもまだまだありますので、その点についてもご安心を」

「お肉があるとご飯が進むもんね～♪　いでよ、マイ丼ぶり！　はい、こっちは甘露ちゃんの丼ぶりだよ～」

「ありがとうございます。皆さんもご飯は丼、いえ、同じ食器で良いでしょうか？」

「い、いえ、どうぞお構いなく……」

呆れるほどに大きな丼に、ご飯をよそうミミとカンロ。三人はセルフで今の小皿を使うからと、これを丁重に断っておいた。ご飯だけで胃が死ぬと、そう確信したらしい。

「焼いたお肉には、小皿にのせた魔海の塩をつけてお楽しみください」

「ま、魔海の、塩……？」

エッジらに配られた小皿には、桃色がかった大粒の塩が盛られていた。こちらも三人が目にした事のない種類の塩である。何よりも、名前が凄い。

「あの、魔海って？」

「名前は不穏ですが、味は確かな高級岩塩ですよ」

「極稀にしか流通しないから、直接採りに行ったんですよね～。いやあ、名前に恥じぬ危険地帯で、なかなかスリリングでした！」

「「「……」」」

話を聞くに、この塩は少量でもとんでもない値段がするらしい。詳しく知ると恐れ多くなるからと、三人はそれ以上は聞かないでおく事にした。

「皆さん、準備は良いですね？　では、いただきましょう！　いっただきま～す♪」

「いただきます」

「「「い、いただきます……」」」

元気に手を合わせるカンロ。そんな二人に倣って、エッジ達も同じように手を合わせるミミに、静かに手を合わせる。そして始める大焼肉大会、大き目の鉄網は人数分の焼き場所を容易に確保できるだけの広さがあるが、ミミとカンロは一斉に一杯一杯に肉を敷き、丼ご飯を片手に待機している。肉をジッと見ている。焼き上がるのを待っている。凄まじい集中力で、急に無言になる。

「わ、私達も焼こっか？」

「だ、だな。折角だし」

「では、僕はこちらの肉を」

肉山からそれぞれ一枚だけ切り分けられた肉を取り、遠慮がちに鉄網にのせる三人。静寂の中で木々のさざめき、炭が弾ける音、そして肉の焼ける音だけが奏でられる。あまりの出来事の連続に動揺しっ放しの三人であったが、不思議とこの瞬間だけは心が落ち着いていた。集中すべきは自らの肉のみで、それ以外の事を考える必要がないからだろうか。

「ああ、お肉、お肉は美味しい、ご飯が進む、ハグハグ……！」

「流石はA級討伐対象、素晴らしい。A5ランクの肉とはこういうものなのでしょうか？　となれば、更に上のランクの討伐対象はもっと凄い事に、ハグハグ……！」

対面では一足先に肉と米を掻き込むミミとカンロの凄絶な食べっぷりが繰り広げられ、これ以上の幸せはあろうかという神々しいオーラが発せられていた。元から食への飽くなき探求心を垣間見せていたミミは兎も角として、先ほどまで落ち着いていたカンロも、ここまで饒舌になるほどに食へ没頭している。口の中に消えて行く勢いも凄まじく、早くも彼女らの近くにあった山は崩されようとしていた。そんな彼女らの様子を目にすると動揺してしまうので、三人は網の上で肉を育てる事だけに集中する。

「……そろそろかな？」

「うん、多分？」

「では、食べてみましょうか」

初めて目にする焼いた地竜の肉。薄めにスライスされた肉の表面が、心なしか少し輝いているように見える。フォークを手にした三人は、意を決して肉に魔海の塩をつけ、恐る恐る口の中へ。

「うっっっ……まぁっ！」

一番最初にその言葉を発したのはジャックだった。彼の舌に、食道に、胃に、更には脳に、これまでの人生で経験した事のないような多幸感が一気に舞い降りる。口に入れたのは薄く切り分けられた肉の筈なのに、噛めば噛むほどに肉汁が溢れ、まるでステーキを食べているかのような満足感が、口の中を支配する。味付けに使った魔海の塩も、しょっぱさが強く肉のインパクトに負けていない。むしろ双方がお互いを引き立て合い、更なる味へと進化している。彼が無意識のうちに口にした言葉は、A級冒険者を目の前にした時以上の感動を表していた。

「嘘ッ！　口の中で溶けた!?　いつの間にか飲み込んじゃった!?」

「な、何と言うコクの深さ……！　それに歯を立てる前に、肉が解れた？　ただ焼いただけなのに？」

　ジャックの両脇に座るエッジとセシルも、ジャックと同レベルの衝撃を受けている。しかし、彼はそんな事を気にしている暇がなかった。早く次の肉を焼かねばと、自らの肉を育てる事に夢中になっていたのだ。次は違う部位の肉を食べ、先ほどとは全く異なる衝撃がジャックを襲い、また次の肉へと自然と手が伸びる。そんなサイクルを何度か繰り返し、新たに白米という名の潤滑剤が投入され――最早誰もが無我夢中だ。巡り巡るミートロードは更に速度を上げ、全身全霊の全力疾走を開始する。

「「「あ、あれっ？」」」

　……気が付けば、あれだけの圧力を放っていた肉・米・野菜の山が姿を消し、空になった大皿が周りに置かれるのみとなっていた。

食事を終えた三人は、至福のひと時を過ごしていた。満たされた腹は膨れ上がり、もう何も入らない状態になっている。普通であれば、食べ過ぎで苦しんでいるところだろう。だが、不思議と感じられるのは幸福感のみで、苦痛の類は一切なかった。このまま眠ってしまえば、一体どれだけ幸せな事だろうか？　そのまま天国に旅立ってしまうのではないかと、そう思ってしまうほどだ。

「はーい、皆さんちゅーもーく！　甘露ちゃんが今日のメイン料理を持って来ましたよー！」

「「「ッ!?」」」

しかし、そんな至福のひと時も長くは続かない。耳を疑うミミの一声で、意識が一斉に現実へと戻されてしまったのだ。

「ミ、ミミさん、まだ食べるのですか？　流石にもうお腹一杯ですよ!?」

「そうなんですか？　でも、多分メインが一番美味しいですよ？　甘露ちゃんのお料理ですし」

「多分」

「一番」

「美味しい!?」

ゴクリと、意図せず生唾を飲み込んでしまう。三人はもちろん美味しい食事は好きであるが、特別食いしん坊という訳ではない。だと言うのに、腹は疾うに満たされている筈なのに、次の料理に興味が尽きない。あの肉以上の美味さがやって来る。そう知った瞬間、体は更なる美食を求めていた。

「お待たせしました。鉄網の上に置かせてもらいますね」

そうこうしているうちに、カンロが奥から何かを持って来ていた。既に火が消えている焚き火台をテーブル代わりに、緑色の物体が置かれる。

「えっと、それは……?」

「今日のメインです」

それは数キロ単位はありそうな大きさの何かを、大きな何枚かの葉っぱで包んだものだった。上下左右、しっかりと葉で包んでいる為、中身は全く見えない。

「では、葉っぱの封を開ける前に、箸休めに調理法の説明でもしましょうか」

「わ〜い、甘露ちゃんの野外お料理コーナーだ〜」

「野外」

「お料理」

「コーナー!?」

最早ツッコミを我慢する事を忘れているエッジらであるが、このコーナーはどうやら強行されるらしい。但し純粋に興味もあったので、大人しくこのまま説明を受ける事に。

「畑荒らしを誘き寄せる為に、ガリク村から名産品のアースガーリックを撒き餌としていくつか貰っていましたよね？　今回の依頼では使う機会がなかったので、そのアースガーリックも味付けに使わせて頂きました。アースガーリックと道中で私が採取したオリブの実を錬金、そして出来上がったのが、このガーリックオイルです。こちらは下味をつける際に使用します」

そう言って、カンロが液体の入った小瓶を取り出す。

「待て待てぇ！　吸血鬼なのにニンニクはオッケーなのかーい！　だよ、甘露ちゃん！」

「ニンニク好きな吸血鬼だっているのですよ。甘いですね、美味ねえ」

「「「……えっ？」」」

「あっ……い、いえ、何でもないんです。今のは忘れてください……」

「やはり吸血鬼が知られていないせいか、この鉄板ネタも通じませんね。無念です」

珍しくしょんぼりするミミと、気持ちテンションが下がったように見えるカンロ。エッジらは全く意味が分かっていないようで、ただただ頭の上に疑問符を浮かべているのみである。

「さて、気を取り直して行きましょう。まずはドラゴンの背肉からスジの少ないところを選び、適当な大きさの肉塊を切り出します」

「はい！　そこは私がやりました！　これが見本です！」

ドォン！　と、見本の肉塊を皆に見せるミミ。

「これが適当な大きさ……？」

「心なしかでっかく見えるような……」

「……先ほども使った魔海の塩、そしてガーリックオイル、闇胡椒（やみこしょう）を下味につけます。下味はしっかり目です」

どう見てもキロ単位はある肉塊に小声のツッコミが飛ぶが、カンロは無視して説明を続ける。

「次に加熱です。弱火でじっくり焼きたいので、皆さんが夢中になって食べている途中で、鉄網の隅っこの方に置いて、根気強く焼いていたんですが……気付きませんでしたか？」

「え、えっとー……」

「た、食べるのに夢中になってて……」

「お、同じく……」

「うんうん、その気持ち、分かります！　美味（おい）しいものを食べる時って、食に集中したいですもんね！　著しく正常かと！」

ミミにフォローされて安心したような、そうでもないような。三人は複雑な気持ちになった。

「表面全体がパリッと焼き上がったら、そこで加熱は終了です」

「出来上がりって事ですか？」

「いえ、ここからは逆に冷やしていくんです」

「「「冷やす？」」」

「ええ、肉汁を中に閉じ込めたいので。本当ならアルミホイルを使うのですが、今回は代用品として、このナババの葉を使用しました。焼いた肉を密閉するように、葉っぱで包んでいきます」

カンロが取り出したナババの葉は広げた手以上に面積が大きく、ものを包むのに適した形状をしていた。完成品と見比べると、確かにこちらも同じ葉を使用している事が分かる。アルミホイルというものが何なのかは分からないが、恐らくは同じ用途で使用するものなのだろうと、三人は勝手に納得する事にした。

「なるほど、それでその状態になった訳ですね」

「です。次にいよいよ冷やす訳ですが、ここに私特製のクーラーボックスが」

次にカンロが取り出したのは、大量の御札（おふだ）が貼られた箱であった。目にした瞬間、背筋に冷たいものが走る。

「な、何だかおどろおどろしい雰囲気が漂っている気がするのですが……」

「あ、あれ？　段々と寒気がしてきたような……」

「きっと気のせいです。肉がほんのり温かい程度にまで冷めたら、氷霊の魂を封じ込めた氷霊剤と一緒に、包んだ葉っぱごと肉塊をこの容器に入れて冷やします。まあ、これは保冷剤代わりですね」

「じっくりヒヤヒヤ冷やしまーす！」

「すっごく不穏なワードが入ってませんでした、今⁉」

ミミが明るくハイテンションで場を盛り上げようとするが、どうしても特製クーラーボックスの見た目が気になり過ぎて、内心ヒヤヒヤな三人。呪われたらどうしようと、真面目にそんな事を考えていた。

「とまあ、そうした工程を踏んで出来上がったのが、このローストビーフならぬローストドラゴンなのです」

「ロ、ロースト――」

「――ドラゴン……！」

「では、お待ちかねの開封時間です。美味ねえ、包丁を」

「え？　お姉ちゃんの『魔剣イワカム』を使うの？」

「そんな訳ないじゃないですか……お料理に使う、普通の包丁の方です」

「えへへ、ごめんごめん。ちょっとボケてみただけ～。はい、どうぞ」

ミミから料理包丁を受け取ったカンロは、葉で密封された料理に向かってそれを振るった。目にも留まらぬカット作業は、戦闘時に見たミミの剣術を想起させる。

「開封」

三人が再び料理包丁の姿を捉えた次の瞬間、肉を包んでいた葉にピッと切れ目が入る。それら葉は自然と外側へと広がり、内部にあった肉塊が出現。しかし、その肉塊にも次々と切れ目が入っていき、気が付けば縦に薄切りにされた肉が、三人の眼前に出来上がっていた。外側はしっかりと焼かれているが、内側では鮮やかなバラ色の赤身が輝いている。絶妙なバランスでサシが入り、更なる鮮やかさを演出している。セシルなんて一瞬宝石か何かと見間違えてしまい、数回目を擦(こす)って見直したほどだ。見惚(みと)れてしまうほどに、その断面は美しかった。

「それで、どうします？　食べますか、ローストドラゴン？」

答えは考えるまでもなかった。

◇　◇　◇

「下味を内部にまで浸透させる闇胡椒を使っていますから、そのままで召し上がってください」

目の前の小皿に置かれる、一切れのローストドラゴン。一切れのみ、されどその風貌は威圧感に似た何かを帯びており、サイズも小皿から軽くはみ出してしまうほどに大きい。これが今日一、さっきの肉よりも美味しい。唾液腺が刺激され、胃が早くそれを寄越せと唸っている。この一切れに一体どんな未知が広がっているのか、想像するだけでもご飯が丼で食べられそうだ。

眼前の料理に食べる前から圧倒される三人は、チラリと対面に座るミミとカンロの方を見た。ニコニコ顔のミミはお先にどうぞと言い、無表情なカンロは三人を観察するかのようにジッと見詰めている。ゴクリと生唾を飲み込み、同時にフォークを手に取る三人。手が震える。だからこそゆっくりと着実に、ローストドラゴンを口へと運ぶ。そして、最初に口へ運ぶ事に成功したのはセシルであった。

「――ッ!?」

まず最初に襲って来たのは、真っ正面から殴られたが如くの衝撃だった。同じ肉の各部位を味わった後、それもお腹が一杯一杯な状態だったが、そんな些細な事は関係なかった。口一杯に広がる肉を食っている感のインパクト、溢れ出る怒濤の肉汁、下味によってより複雑化する旨味、深淵のように底が見えないコク味、ありとあらゆる面が既存の知識を凌

駕し、強烈な拳となって迫り来る。幻影なんて薄っぺらいものじゃない、確かな衝撃が叩き付けられたのだ。

「かっ、はっ……！」

「お、おい、セシル⁉　大丈夫か⁉」

「ぷはぁっ！　い、息、息しなきゃ……！」

「呼吸を忘れるほどだったんですか⁉」

「う、うん……こ、これは、美味いなんて、もんじゃ……！　美味しい……」

ふにゃりと顔を綻ばせるセシル。そんな彼女を見て、エッジとジャックもローストドラゴンを口へと運び――

「――ッ⁉」

　全く同じ反応を示すのであった。

　エッジらはノックダウン寸前のところにまで至ったが、辛うじて意識を保つ事に成功。口から広がる幸福感と情報量の暴力に、息も絶え絶えになりながらも辛うじて耐えたのだ。それなりの苦境を乗り越え、己を高めて来たＤ級冒険者の彼らだから良かった。しかし、これを一般人が口にしていたら、十中八九味わう最中に意識を手放していただろう。それほどまでに暴力的で、幸せな美味さだった。正しく、強者の為の贅沢であった。

「おお、意識を保ちましたか。やりますね」

「では、私もパクリ！……ん～、美味い！　パンチのある味ですね！　あのお肉さんを受け止めた時のような、そんな衝撃を感じちゃうかも？　猛烈な刺激が胃にダイレクトアタックを仕掛けて来ます！　侮り難し、ありがたし！」

パクパクと次々にローストドラゴンを食していくミミ。そんな彼女に続くようにして、カンロも箸を動かし始める。

「うん、アースガーリックの風味が良いアクセントになっていますね。それに、胡椒と塩の相性も良かったのかもしれません。ガリク村のアースガーリックは後に残るにおいが少ない事で有名ですし、沢山食べても問題なし。栄養も満点です」

「たとえにおいが残ったとしても、これなら我慢できずにパクパクだよ～。パクモグ～」

「美味ねえならそうでしょうね。あ、もちろんおかわりもありますので」

「んんっ、やったー！　お姉ちゃん、遠慮しないからねー！」

ミミとカンロは幸福的な暴力を意に介していないのか、続け様にローストドラゴンを口に運んでいる。その速さは風神の如し、気が付けば二つ目となるローストドラゴンの肉塊を取り出していた。

エッジらも二人に負けじとローストドラゴンを頬張るが、その度に人生最大の幸せ体験に迫られ、精神と肉体を一時停止させてしまう。こんな恐ろしいものをこれ以上食べたら、普段の食事がとんでもなく陳腐なものと化すのではないか？　そんな事まで心配してしまう。なぜミミ達はあんなにも素直に食べられるのか、涙を流しながら不思議に思ってしまう。尤もそんな疑問も、快感の前に直ぐに消失してしまうのだが。

とまあ、そんな調子でメインを食べ、どれだけの時が流れただろうか。恐らく、エッジらには経過時間すらも把握できていないだろう。ただ、一つだけ分かる事がある。あれだけの大きさを誇っていたローストドラゴンを完食し、全ての食の山を乗り越えた。信じられないが、踏破する事ができた。今日だけで人生分の驚きを体験したのではないかと、エッジ達は真剣にそう考える。

「ご馳走様でした。今日もとっても美味しくて、お姉ちゃんは大満足でした」

「お粗末様でした。これだけのお肉を提供してくれたドラゴンに感謝ですね。保管の中にまだ材料がありますし、数日は持ちそうです。実入りの良い依頼でしたね」

「ご、ごち、そうさま、でした……」

「ハァ、ハァ……私、生きてる……？　ここ、天国じゃない……？」

「た、多分、現実だ……愛剣の重みが、辛うじてそう教えてくれる……」

満足そうなミミとカンロとは違って、流す涙も尽き果て、未だ幸せの大海原に漂う三人。朦朧とする意識を何とか覚醒させ、生まれたての小鹿のような足取りで立ち上がろうと努力する。剣などといった自分達の得物を杖代わりにして、何とかそれを成し遂げるのだが、やはり体と心が不安定な事この上ない。

「皆さん、あまり無理をされない方が良いですよ？　甘露ちゃんの料理、慣れていない人には刺激が強くて、大体半日くらいはそんな調子が続きますから」

「え、ええー……」

「あの、それじゃあ、森、抜けられないのでは……？」

「その為のテントですよ。寝袋をお貸ししますから、今夜はここでキャンプしましょう」

「今夜？　あっ……」

三人は空を見上げ、辺り一帯が暗くなっている事に漸く気付いた。確かに今のこの状態では、ガリクの村へ報告に戻るどころか、まともに歩くのも難しいだろう。

「火の番は交代交代……といきたいところでしたが、その様子では難しそうですね。こうなってしまった一応の責任もありますし、私と美味ねえが交代でやります」

「で、でも……あんなに、美味しい食事まで、頂いたのに……それは悪い、ですよ……」

「でもじゃないです。そんな状態で火の番をされる方が迷惑ですから」

「ううっ、反論できない……」

「で、では、改めてお礼だけでもさせてください。それと、ご馳走様でした！　信じられないくらいに美味しかったです！」

足腰の震えは相変わらずだが、他の二人に比べ、エッジは多少喋れるようになって来たようだ。

「それは重畳です。甘露ちゃん、こんなに褒めてくれてるよ？　良かったね」

「まあ、そうですね。あれだけ夢中になって食べてくれると、作った甲斐はあります」

「……？　あの、気のせいかもしれませんが、ミミさん、少し口調変わりました？」

「そうですか？　私はいつも通りに喋っているだけですけど～？」

「ああ、お気になさらず。美味ねえはある程度お腹が満足すると、爆上げだったテンションが落ち着いて、ほんの気持ちだけ清楚な性格になるんです。おかしいですよね？　私はおかしいと思います。フフッ」

「そ、そうなんですか……」

「もう、甘露ちゃんったら失礼なんだから。お姉ちゃんは何もおかしくないのにね？」

ミミが人差し指を軽く振り、僅かに首を傾げてみせる。口調どころか仕草まで変わっているミミの様子に、カンロは笑うのを我慢しているようだった。一方のエッジはこれは確かに、と、性格の変化に納得。改めて変わった人達だなと、苦笑するのであった。

◇　　◇　　◇

夜が明け、木々の間から朝日が顔を出す。昨夜まで頼りない足取りであった三人も、このキャンプですっかりといつもの調子を取り戻すに至ったようで――

「うおおおおっ！」

「ジャック、朝っぱらからうるさいよ！　でも、でも……私も物凄く叫びたい！　わあああっ！」

――いや、むしろ調子が良過ぎるくらいで、体の底から力が漲っているほどだ。今直ぐにでも駆け出して、この溢れ出るエネルギーを消費してしまいたい。そんな願望が丸分かりであった。

「昨日の料理が効いているみたいですね。アースガーリック、滋養強壮効果が半端ないみたいですし。流石は名産品です」

「そこにドラゴンなお肉、そして甘露ちゃんのひと手間ふた手間が加わって、更に凄い事になっちゃった感じだね～。お姉ちゃん的には、それよりも朝ご飯を食べたいところだけど」

「あの、冷静に解説されているところ悪いのですが、お借りしたテント、少し変じゃありませんでした？　昨夜、誰のものとも分からない、不気味な鳴き声のようなものが聞こえて――」

「――ふむ、疲れて幻聴でも聞いてしまったのでは？　ええ、きっとそうですよ。ズバリ幻聴です、終わり」

「は、はぁ……」

反論を許さないとばかりに、幻聴と断言する無表情なカンロ。これはこれ以上聞くべきではないなと、エッジも追及を諦める。

そんなこんなで朝食を簡単に済まし、テント等々の片付けが完了。尚も元気いっぱいな一同は森を抜け、ガリクの村へと報告に向かうのであった。

◇　◇　◇

巨大ドラゴンが森に入り込んだ影響で、畑を荒らしていたモンスター達は丸ごと森を去り、また、そのドラゴンも無事に討伐したので、村への危険もなくなった。その事をガリク村の人々に報告したミミ達は、大変に歓迎され喜ばれた。森からそれなりに離れたガリクの村にも、森の異変は伝わっていたようなのだ。ミミ達がドラゴンを倒したという大体の時刻から、物騒な鳴き声や地震のような足音がぱったりとなくなった為、これら報告は疑われる事なく信用されたという訳だ。

報酬金はギルドで渡される事となっているが、追加報酬として村の名産品、アースガーリックを大量に頂く事に。まさかの一杯のお土産にホクホク顔のミミ、相変わらず無表情なカンロ、特に何も活躍していないけど、これってどういう扱いになるんだろう？　という何とも言えない表情のエッジらは、総出の村人達に見送られながら、ガリクの村を去るのであった。

「ここがパゲティ村です」

次にミミ達がやって来たのはパゲティ村、エッジ達が冒険者活動の拠点を置く場所である。この村はグラノラ王国の辺境に位置し、小規模ながらも冒険者ギルドが置かれている。

ミミとカンロは折角だからと、観光気分でこの村にも寄る事にしたようだ。

「ミミさんとカンロさんは王都に拠点を置いているんですよね？　僕達の村、正直見て回れるような所はありませんよ？」

「いえいえ、そんな事はありませんよ。見たところガリク村より賑わっているようですし、珍しい食材なども期待できるのではないでしょうか？　ええ、珍しい食材とか！　あと、ここでしか味わえない料理とか！」

「や、やっぱり食に関心が向いているんですね……」

「美味ねえ、少しお腹が減って来たみたいですね。テンションが上向きです」

「ハハッ、何だかんだ移動で昼になっちまったからな。村のギルドに酒場が併設されてるけど、依頼の報告をするついでに、そこで飯でも食うかい？　都会と比べちゃ素朴だが、それなりに美味い料理が出るぜ？」

「まあ、カンロさんの料理に比べると、ちょっと期待できないかもだけどねー」

「いえいえ、そんな事はありませんよ！　と言いますか、もう他に選択肢はないんです！

「早速行きましょう、行動に移しましょう、レッツゴーゴー！」

天に拳を振り上げ、意気揚々とギルドへ向かい始めるミミ。もう頭の中は食事の事で一杯のようだ。但し向かう方向が逆だったので、即座に方向転換を促される。それからギルドへの道のりをエッジらに案内され、何とかパゲティ村のギルドに到着、村の他の住居よりも一際大きな建造物が、ドンとミミ達の前方に現れるのであった。

「ほほう、ここがパゲティのギルド支部ですか。色々と期待できそうですね、これは！」

「いやいや、だから期待され過ぎるのも困るってば。王都のギルドに比べたら全然――あ、そういえばさ、ミミさん達が王都で受けた依頼って、村のギルドでも報告できるのかな？それなら、わざわざ王都に戻る必要もないんじゃない？」

「いえ、基本的に依頼を受けた場所で報告するものです。Ａ級冒険者への昇格を懸けた依頼がこれです、素材を精査してください！……なんて報告されても、ここの職員の方々が困るだけですよ」

「あー、言われてみれば確かに」

「皆さん、細かい事を気にし過ぎですよ！　さあ、参りましょう！　私達の新たなフロンティアへと！」

バン！　と、スイングドアを豪快に開けたミミは、率先してギルドの中へと乗り込んでいった。残りの者達も急いで後を追う。

昼食時だった為か、それとも今日は冒険者稼業が休みなのか、ギルドに併設された酒場はそこそこ混み合っていた。そして、ミミが盛大な入場をしたせいで、屈強な冒険者達の鋭い視線が一斉に彼女の方へと集まってしまう。これが成り上がりを目指してギルドの扉を叩いた冒険者希望の新人であったのなら、この時点でビビっていたかもしれない。が、当のミミは全く意に介しておらず、むしろ、酒場のテーブルに置かれている肴の類が気になっているようで、口から少しヨダレを垂らしながら、ジワジワとそちらへ近寄ろうとしていた。

「未開拓地の発見……！　未知を恐れず突き進む、挑戦者魂……！　フロンティアスピリッツ……！」

「お、おい、あの嬢ちゃん、何か目が血走ってるぞ……？」

「つか、段々とこっちに近付いてねぇか？」

「しかもブツブツ何か言ってるぞ！　怖っ!?」

屈強な冒険者達はミミの異様な様子、よく分からないプレッシャーに押され、逆にたじろいでしまう始末だ。

「美味ねえ、冒険者の方々を怖がらせないでください。食欲があるのは理解していますが、少しだけ我慢です、我慢」

「分かってる、分かってるよ、甘露ちゃん。お姉ちゃんは冷静だよ、とっても冷静だよ

「……！」

「自分で冷静と言ってる時点でアウトですよ。それに、まずはセシルさん達の依頼報告が先、です」

「ああっ、フロンティアが遠のいて行く！　私のフロンティアがー！」

カンロがミミの首根っこを摑み、ズルズルとギルドの受付の方へ引き摺って行く。脅威（？）が去り、酒場にいた冒険者達は冷や汗をかきながらも安堵するのであった。

酒場でそんな騒ぎが起こる一方で、ギルドの受付側は男が一人並んでいるだけで、殆ど閑古鳥が鳴いている状態だ。これなら直ぐに依頼達成の報告ができそうである。

「あれ？　あの人、ここらでは見かけない人だね？　新人さんかな？」

「いえ、そんな風には見えませんね」

「それによ、受付で応対してるの、うちのギルド長じゃないか？」

「えっ、受付担当のエクレアさんじゃなくて、わざわざギルド長が？　一体何者よ、あの人？」

受付に並ぶ一人の男は、他とは異なる雰囲気を醸し出していた。平均よりも身長の高いジャックが見上げるほどに背が高く、服の上からでも分かるほどに筋肉がパンパンに膨れ上がっている。というか、上半身がほぼ裸に近い格好なので、直に分かる。その風貌はとても一般人のものとは思えず、また受付で応対しているパゲティ支部のギルド長が終始へりくだった態度で接している事からも、彼がそこいらの一冒険者でない事が窺（うかが）えた。

「んんっ？　甘露（かんろ）ちゃん、あの人、ブルジョンさんじゃないかな？」

「ですね、体格と特徴的なリーゼントが一致しています」

　警戒する三人を余所（よそ）に、ミミとカンロがそんな事を口にした。

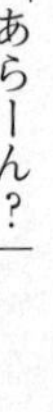

「あらーん？」

　ミミ達の話し声が聞こえたのか、筋肉質な謎の大男が振り返る。服装は上半身がほぼ裸と変態チックだが、リーゼント＋長髪という特徴的な髪形が、なぜか伊達男（だておとこ）を思わせる。が、やはり何よりも纏（まと）っている筋肉が凄（すさ）まじい。冒険者としてD級まで成り上がって来たエッジらも、これほどまでに鍛え上げた肉体を目にしたのは初めてだった。

「あららん？　まあまあ、ミミちゃんにカンロちゃんじゃないのぉ。奇遇ねん！」

「わあ、やっぱりブルジョンさんじゃないですか！　奇遇ですね！」

「こんにちは。しかし奇遇は奇遇ですが、何でこんなところに？」

　謎の大男とミミ達は、知り合いだったのか気さくな挨拶をし始めた。三人はその事に驚きつつも、それ以上に大男の風変わりな口調が気になってしまった。また、ミミ達が口に

している大男の名前も気に掛かった。

「ブルジョン……？　ええっと、何だか聞き覚えがあるような……」

「私もそんな気がするんだけど、ええっとー……」

「なるほど。ジャック、セシルさん、うちのギルド長が低姿勢だった理由が分かりましたよ」

「ん？　エッジはあの人の事、知ってるの？」

「知ってるも何も……王都の冒険者ギルドのトップ、ブルジョン・グロスギルド長ですよ。言うなれば、グラノラ王国に存在する全ての冒険者ギルド、その頂点に君臨される方です。本部の幹部クラス、とも言えるでしょうか」

「「ええっ、あの人がっ!?」」

「ちなみに冒険者を引退される前は、S級冒険者としても活躍していたそうですよ」

「「えええええっ、S級！　マジで!?」」

目玉が飛び出るほどに目を見開き、顎が外れるほどに口を大きく開けるジャック&セシル。もちろん、その驚きようはブルジョンにも届いていた。

「フフッ、そんなに驚く必要はないわよん。でもぉ、若い子達にキャーキャー騒がれるの……嫌いじゃないわん！　いえ、むしろ好きんッ！」

なぜか唐突に筋肉を主張するポーズを取り始めるブルジョンに、三人は一転して恐怖した。そんなブルジョンの背後では、パゲティ支部のギルド長が失礼のないようにと、必死のジェスチャーをエッジ達に送っている。受付側が異様に空いているのは、どうやらパゲティのギルド長が一枚噛んでいるようだ。しかし、ミミとカンロがそんな事を気にする筈もなく、そのまま普通に話を続ける。

「ところでブルジョンさんは、どうしてこの村に？　ついこの間まで、王都で忙しそうに仕事をしていましたよね？」

「仕事は忙しかったけどぉ、貴女達が心配だったから、秒で終わらせて様子を見に来たのよん。万が一討伐に失敗した時に、その対応もしなくちゃだったからねぇ～。まっ、無事にクリアしたみたいだから、要らぬ心配だったみたいだけどっ。うふんっ♡」

「ああ、なるほど～。お姉ちゃん、納得～」

「それは面倒をお掛けしました。ああ、そうだ。丁度良い機会ですし、今回の依頼に同行した皆さんを紹介しましょう」

チラリと、カンロがエッジ達に視線を送った。

「えっ、僕達、ですか？　いえいえ、僕達は何もしていないですし、逆にご馳走までしてもらって迷惑をかけたと言いますか！」

「「うんうん！」」

「まあまあまあ、今時珍しい控えめな子達ねぇ。私、ますます興味が湧いて来ちゃう！

さあ、恥ずかしがらずに自己紹介なさい！　未来を担う冒険者を覚える事も、私達ギルド長の大事な役目なのだからッ！」

ビシリと、ポージングから華麗な指差しへと姿勢を変化させるブルジョン。流石にこうなってしまっては、断る選択肢はないだろう。エッジらはブルジョンに簡単な自己紹介をするのであった。

「あらん？　エッジちゃん達もここ数ヶ月で冒険者になったのねん？　道理で若い訳だわ～ん。うーん、フレッシュ！　それに、もう一人前とされるＤ級にまで辿り着くなんて、将来有望さんねん！」

「あはは、それはどうも……ん？　あの、僕達も、というのは？」

「それはもちろん、ここにいるミミちゃんとカンロちゃんの事よん。この子達も貴方達と同じ時期に冒険者になったのん」

「「「……えっ？」」」

「えへへ、どうやら私達、同期だったみたいですね。親近感が湧いちゃいます！」

「冒険者に同期という概念があるのか、正直微妙なところですけどね。まあ結構な偶然だとは、私も思いますが」

「「「いや、えっ？　でも、えええっ⁉」」」

ミミ達が自分達と同時期に冒険者になった事をブルジョンに告げられ、混乱する三人。

それもその筈、彼らが冒険者になったのは、ほんの三ヶ月ほど前の事——この期間にF級からD級になった自分達でさえ、常識的にはかなりハイペースな昇格だった筈なのだ。ブルジョンに言われるまでもなく、ギルドや周囲の冒険者達から、優秀だ、将来有望だと、何度も褒められていた。その期待に応えなければと、相応の努力と実績を積み上げていた筈なのだ。しかし、ミミとカンロはその同じ期間で、三ヶ月でA級にまで昇格していた。それはハイペースどころの話ではなく、最早爆走と称しても過言でないペースだ。

「同じ時期に冒険者になった、ですか……て、てっきり、ミミさん達は冒険者の先輩かと思っていましたよ……」

「い、いやあ、自分で言うのも何だけど、俺達も結構良いペースで成長してたと思ったんだがなぁ」

「こ、これって今のうちに、握手とかしてもらった方が良い感じなのかな？　もしかしなくても、未来のS級冒険者最有力候補だよね、カンロさん達……！」

「うふん、確かに最有力候補かもねぇ。なが～い冒険者ギルドの歴史でも、こんなハイペースで昇格した新人は稀も稀、極稀なのは間違いないものぉ。ちなみにぃ、私が現役だった頃と比べても、ミミちゃんカンロちゃんの方が断然速いわん！」

「元S級のブルジョンギルド長よりも!?　すげぇ、マジですげぇよ、ミミさん達！」

改めて尊敬の眼差しを向け、握手を求め始めるジャックとセシル。

「んー、私達はただ美味しいものを求めて、西へ東へ遠征していただけなんですけどね～」

「その求める速度が尋常じゃないのよぉ。まあ、ミミちゃん達が受ける依頼って、食に関わる事ばかりだったものねぇ。それに冒険者の多くが夢見る、大成しようって欲がまるでないって言うかぁ……兎に角、オンリーワンな存在なのよん！」

「そうですか？　自分ではよく分から――あっ、でも昇格する事で、より美味しい食材と出会えるようになれるのは嬉しいですよね。A級なら、もっと色々な地域に入れるようになりますし！」

「……うん、出世欲よりも食欲、かしらねん」

腹ペコ状態が継続している為か、ミミの口からは唯一の欲望が垂れ流しになっていた。

「それよりもブルジョンギルド長、折角ですから、ここで依頼の達成確認をしてください。本当なら王都で確認するつもりでしたが、ギルド長がいるのなら話は別です。さあ、鑑定を。さあ、さあ」

「ちょっとちょっと、そう急かさないでよぉ。もう、せっかちさん！　悪いけどぉ、鑑定室を借りても良いかしらん？　結構大物だから、鑑定するにも場所を取ると思うのよぉ」

そんなブルジョンの問いに、腕で大きく丸を作ってオーケーと物理的に答えるパゲティギルド長。そこもジェスチャーなんだと、密かにツッコミを入れるエッジ達。

「えーっと……では、僕達は自分の依頼報告を今のうちにしておきますね」

「オーケーです！　後ほど、酒場(フロンティア)で集合しましょう！　ではッ！」

そんな形でエッジ達と一旦別れ、ミミ達は鑑定室へと赴くのであった。

「ところでブルジョンさん、新たに美味しそうな依頼は出てないんですか？　A級の依頼、とっても期待しているんです！　じゅるり！」

「あらやだ、やっぱり食欲第一主義者だわ、この子。とは言ってもねぇ、B級やA級の依頼なんて、そうポンポン出て来るもんじゃないのよぉ？　貴女達、ギルドに登録してから立て続けに依頼を受けて、更には超スピードで完遂していたでしょん？　お蔭(かげ)で最近、治安がめっちゃ良いのよぉ。うーん、良いタイミングだしぃ、一日二日くらい休みを取って、どこかでゆっくりして来なさいなぁ」

「……まあ確かに、ここ三ヶ月ほどは休みなく依頼をこなしていましたからね。ブルジョンギルド長の仰(おっしゃ)る通り、丁度良い機会かもしれません。軽くハイキングでも企画しましょうか」

「わーい！　お姉ちゃん、ハイキングも大好き～。拾い食いし放題～」

「乙女として、拾い食いは止(や)めておきなさいなぁ」

◇　◇　◇

巨大地竜から剝ぎ取った素材鑑定が終了し、ミミとカンロは無事依頼達成を認められた。晴れてA級冒険者と正式になった二人は、その足で酒場へと突入。既に注文を頼み終わっていたエッジら三人と合流を果たす。出会い方が出会い方であった為、周囲の冒険者達からはかなり警戒されていたが、最終的には和気あいあいと飯を食い合える仲へ。昼時だというのに、ギルドの酒場は深夜の宴さながらの賑わいを見せるのであった。

その後、村の中をブラブラと巡ったり、珍しい食材を探したりと、しっかりと観光もしておいた二人は、良い時間帯にエッジ達に紹介された宿へと向かって部屋を取り、夕食を食べて今に至る。

「ふんふ～ん♪　良い村だね、ここ。宿のご飯も美味しかったし、お姉ちゃん、気に入ったかも～。ブルジョンさんも、一日くらい滞在すれば良かったのに～」

「あくまで今日は様子を見に来てくれただけですよ。秒で仕事を終わらせたからと言って、王都のギルド長はそんなに暇ではないんです」

地竜素材の鑑定を終えたブルジョンは、昼食に参加する事なく、そのまま王都へと帰って行った。笑顔で王都までの道のりをダッシュして行くブルジョンの姿が、今も強烈に二人の脳裏に焼き付いている。

――シュッ、シュッ、シュッ。

部屋で雑談をする最中にも、二人は思い思いの過ごし方をしていた。ミミは愛剣であるデカ包丁を専用の砥石にかけ、カンロは錬金術で新たな調理器具を作製中である。一見、年頃の乙女の過ごし方ではないのだが、本人達は実に楽し気だ。

「そういえば、酒場での食事も盛り上がったよね～。ジャックさんが地竜を食べたって自慢したら、別の冒険者の人が笑いながら、地竜の肉なんて硬くて食えたもんじゃないって、そんなツッコミを入れたりしてさ～」

「ああ、そんな事もありましたね。地竜を食べた事のある方が他にもいて、少しだけ驚かされました。まあ通常の地竜なら、やり方次第でD級やC級の方でも倒せるのですが。その後は冒険者さんの間で、暫く美味い美味くない論争が続いていましたっけ」

「私達は美味しい派だったけど、実際のところは微妙な立ち位置だったよね～」

「まあ、そうですね。焼くだけでも美味しく食べられるようになったのは、美味ねえの剣のお蔭でもありますし」

カンロの視線が、ミミの研いでいた愛剣へと移る。

「イワカム、斬りつけた相手を傷付ける事なく、ダメージだけを与える事ができる魔剣。だからこそ、この剣なら食材を無傷のまま手に入れる事ができる。しかも任意能力だから、やろうと思えば実際に斬る事もできて凄く便利♪」

「しかしイワカムの真骨頂は、食材を倒した後に発揮される。倒した食材のレベルが高いほど、食材としてのランクがアップされる――つまるところ、美味しく栄養も豊富になる、でしたか。今回の依頼で討伐した地竜は、そのまま口にするには肉質が岩のように硬く、とても人が食べられる食材ではありませんでした。そういった意味では、酒場にいた冒険者さんの話は間違っていません。むしろ、一般的にはそちらの意見が正解とも言えるでしょう」

「そうなんだよね〜。でも、まさかあそこまで美味しくなるとは、お姉ちゃんも予想外でした。それだけあのドラ肉さんが強かったって事なのかな？　よく分からなかったけど〜」

「美味ねえは相変わらずですね」

ふと、砥石を使う音が途切れる。どうやら剣の手入れが終わったようだ。

「よっし、ピカピカのズバズバ！　これで明日も美味しいものが食べられる〜」

「美味ねえ、楽しむのは良いですけど、黒鴉（くろう）の五戒を忘れないでくださいね？　私達がこの世界を謳歌（おうか）する為に、絶対に必要な事なんですから」

「わ、分かってるよー。お姉ちゃんだって、しっかりその事は意識してます！」

「じゃあ、改めて声に出して言ってみてください。忘れていないか、チェックしてあげますから」

「そ、それは良いけど……普通、これって立場が逆じゃないかな？」

「きっと気のせいです。ほら、早く」

「もう、分かったよ〜。ええっと——」

〈黒鶏の五戒〉

①人型は食べない、求めない、人として。

②お残しは駄目、絶対。

③節度を守って、食欲に従う。

④空腹は敵だ、大敵だ。

⑤末永く食材提供してくれる自然に感謝、環境保全も何気に大事。

「——だったよね？」

「グッドです。しっかり覚えていたようですね。ですが、美味ねえは①が危なそうなので、今一度しっかり意識しておくように」

「いやいや、お姉ちゃんもそんな事はしないよ～。人型って、要はゴブリンとかオーガの事でしょ？　あはは、流石に食べたいとは思わないって」

「ミノタウロスやオークはどうです？　顔だけは牛と豚ですよ？」

「……た、食べたいだなんて思わないよ～」

「そこで言い淀まないでくださいよ……」

食欲に忠実な二人であったが、その欲望は決められた指針の中にあるものだった。魔剣イワカムは強力かつ素晴らしいものだが、その本質は名の通り、魔の剣――道を誤れば、人の道からも外れてしまうのは間違いない。だからこそ、これら五戒は何よりも大事にしなくてはならないものだった。

「……ところで美味ねえ、今回の依頼の食事で、どのくらい成長しました？」

「あっ、気になる？　やっぱり気になるよね？　なら、一斉に見せ合いっこしよう？」

「また子供っぽい事を……まあ、良いですけど」

「よーし、なら決まり！　いっせーのでステータス画面を出すよ？　いっせーの、だよ？　自分だけ出さないとか、そういうズルはなしだよ？」

「分かりましたって。いつもの感じで、ですよね。美味ねえこそ、ドジして遅れないでくださいよ？」

二人はベッドに腰掛け、宙に向かって人差し指を向け始める。

「「いっせー……のっ！」」

黒鴉美味　16歳　女　人間　剣士（食）

レベル：83

称号：ドラゴンイーター

ＨＰ：１８２４／１８２４
ＭＰ：２７２／２７２
筋力：８７０　耐久：８３９　敏捷（びんしょう）：６７７　魔力：２４８　幸運：６３６
スキル：剣術（食）（固有スキル）
　　　　解体（食）（固有スキル）
　　　　察知（食）（固有スキル）
補助効果：世界の呪い

黒鴉甘露（かんろ）　12歳　女　上級吸血鬼（アークヴァンパイア）　錬金術師（食）
レベル：83
称号：ドラゴンイーター
ＨＰ：５４９／５４９
ＭＰ：１７３４／１７３４
筋力：２５３　耐久：２７８　敏捷：３８０　魔力：１３９８　幸運：１０４７
スキル：錬金術（食）（固有スキル）
　　　　鑑定眼（食）（固有スキル）
　　　　吸血（食）（固有スキル）

二人が何かを念じると、目の前の空間にステータス画面が現れる。しかし、それら画面は所々がボロボロになっていた。それでも二人は一切気にする様子もなく、眼前の数字に見入る。

「……同じものを食べてますから、やはりレベルに差は出ませんね」

「でもでも、今回の成長はかなり大きいよ？　一気に3レベルもアップしてるし！　流石はA級相当のモンスター、味も経験値も一級品って事だね！　称号も美味しそうなのに変化しているよ！」

ミミとカンロ、もとい黒鵜美味と黒鵜甘露は、とある理由でこの世界に生まれ変わった、所謂転生者であった。前世で叶える事ができなかった欲望――食欲を満たす為、二人は全身全霊でこの世界に向かい合い、調理器具と箸を向ける。

第二章　世界樹スモーク

グラノラ王国、大陸の大部分を支配するこの大国は、多くの種族、あらゆる気候が入り混じった大地の上に成り立っていた。かつて大陸中で巻き起こった戦争、その勝者としての座を初代国王が勝ち取って以来、長年この大地を団結させて護り続けて来た事から、国内部での種族間の争いは少なく、また国外から争いを仕掛けられる事も殆どなくなっていた。危険なモンスターが人里に出れば、国の軍や冒険者ギルドが情報を共有しながら討伐へと出発する為、大きな問題へ発展する前に解決へと導かれる。モンスターを統括し、世界に悪影響を及ぼす魔王のような存在も、この時代には存在しない。要するに、この国は大変に安定した状態にあり、平和であったのだ。中にはエルフなどといった他種族と好んで交流をしようとしない者達もいたが、それでも差別的に扱われる事はないに等しい。大国に有りがちな奴隷制は大昔に撤廃され、広大な大地を有する事から資源が豊富、飢餓に陥る事もなく、政治に付随する汚職も皆無……かどうかは不明であるが、少なくとも国民が生活に不自由する事はなかった。多種族で構成される大国でありながら、今のような体制を維持し続けているグラノラ王国は、ある種の理想郷と呼べるのかもしれない。

「……あり？　ここは？」

　三ヶ月ほど前、そんなグラノラ王国のとある平原にて、黒鴉美味は目を覚ました。辺りには見覚えのない風景が広がっており、どうして自分がこんなところに寝転がっているのか、そこに至るまでの記憶も曖昧な状態だ。ただ、彼女の真横にはスヤスヤと眠る妹の甘露の姿もあったので、取り敢えず美味は甘露を叩き起こす事を選択する。

「甘露ちゃん、大変だよ！　私達、迷子になっちゃった！」

「……？　ちょ、美味ねえ、そんなに頬をパシパシ叩かないで、痛いですって……！」

　頬を叩かれた甘露が若干キレながら起床する。そして美味と同様、周囲をぐるりと見回し、観察。渋い顔をしながら「は？」と機嫌の悪そうな声を出し、何度か目を擦るのであった。

「どうしよう？　知らない鳥とか飛んでるし、この花とかも見た事ないよ！　蜜とか吸ってみても良いかな？　チューチュー吸っても良いかな？」

「待って、待ってください、美味ねえ。今、状況を整理しますから。……ああ、思い出しました。私達、多分山の中で死んだんですよ」

「あはは。サラッと怖い事を言うね、甘露ちゃん！」

「いやいや、笑い事じゃないですって。それに、怖いのは美味ねえの方ですからね？　キノコ狩りをするぞって私を連れ出して、今みたいな軽いノリで、よく分からないキノコを食べたんですから。きっと猛毒ですよ、あのブチ模様キノコ」

「ええっ、そうかな～？　とっても派手で、私を食べて？って、私にそう語り掛けて来たんだよ？」

「何なんですか、その不思議系なノリは？　素直に空腹に負けたと、そう反省してください」

「はい、私は空腹に負けました……ついでに甘露ちゃんも負けてました……」

「……ッ!?」

そういえば、自分も空腹でキノコを口にしたんだった。と、今になって思い出し、赤面してしまう甘露。どうやら美味に負けず劣らず、甘露も食いしん坊であったようだ。

「何たる不覚、反省しなくては……と、兎に角です。山中からこんな場所にまで、無意識のままで移動するのは現実的ではありません。山には周りに誰もいなかった筈ですし、運ばれたとも考え辛いです」

「じゃあ、私達はあの時にやっぱり死んじゃって、ここは天国って事なのかな？　天国なら、ご馳走が食べ放題？　おかわり自由？　どれだけ食べても怒られない？」

「それは分かりませんが……少なくとも、地獄だとは思えませんね」

「わーい、良かった良かった！」

「良・く・な・い、ですよ！　どっちにしろ死んでるんですから！　嫌ですよ、もうひと月に一回の贅沢品、納豆が食べられないなんて！」

　自身の死亡説が濃厚となり、流石の甘露もいつもの冷静さを保つ事ができない様子だ。

というよりも、それほどまでに納豆に対する愛が強いらしい。

「まあまあ、そんなにプンスカしたら駄目だよ、甘露ちゃん。天国に納豆がないって、そう決まった訳でもないんだし〜。あっ、ほら、このべっこう飴でも食べて、心を落ち着かせよう？」

「誰のせいで怒っていると——まあ、過ぎた事は仕方ないですね。早速頂きましょう」

が、飴一つで正気を取り戻す。甘露は納豆が好きだが、甘味もまた好きであるようだ。

「大きいから、一口サイズに割ってあげるね〜」

「ありがとうございます。べっこう飴はコスパが良いですからね。安くて甘い事は良い事です」

　——パキッ、もぐもぐ。

　割った飴を早速頬張る二人。

「それにしても美味ねえ、飴なんてよく持っていましたね。毒キノコを口にするくらい追い詰められていたのに、食べるのをずっと我慢していたんですか？」

「うーん？　ううん、そんな事はなきにしもあらず〜」

「……？　と言いますか、これって本当にべっこう飴ですか？　甘くないですし、パチパチと弾けて不思議な味がしますよ？」

「知らないの、甘露ちゃん？　最近の飴って炭酸みたいに口の中で弾ける飴もあるんだよ〜」

「いや、そういった飴もあるでしょうが、べっこう飴は砂糖と水で作るものだから、パチパチはしない――待ってください、美味ねえ。これ、一体どこから取り出しました？」

何かを察した甘露が、疑いの眼差しを美味に向ける。

「どこと言われても……宙に浮いてた？」

「はい？　美味ねえ、もしや遂に頭が……」

「違うよ！　お姉ちゃんはしっかりものだよ！　だって、ほら！」

失礼なと鼻息を荒くしながら、美味がとある方向を指差す。その先にあったものは――

『異世界へようこ〜』

――宙に浮かんだ半透明な板であった。ゲームで言うところのメニュー画面らしきもの、であるのだが、右側が割れてしまっていて、文章もそこで途切れてしまっている。しかし、ゲームの類に殆ど縁のなかった美味は、これがメニュー画面だとは思い至らなかったようだ。そもそも、そのような概念がないのだから、ある種仕方がないとも言える。

「ほ、本当にべっこう飴が浮いてる……！　どんなマジックですか、これ……!?」

「きっと天国のべっこう飴なんだよ！　だから味も不思議なんだよ！」

但し、半透明だからといってべっこう飴と勘違いするのは、独自の感性が過ぎると言わざるを得なかった。

「ん？　この飴、何か文字が記されていませんか？」

「あ、本当だ〜。ええっと、異世界へようこ……ようこ、洋子……？　新手のラノベタイトルかな？　洋子ちゃんが異世界へ行く！　みたいな」

「誰ですか、その洋子ちゃんって……まあ、私もそういったものには疎いんですよね。贅沢できるお金があったら、1パックでも多く納豆を買いますし。アレは良いものです。じゅるり」

「私はお肉が良いな〜。一度で良いから、お腹一杯のお肉を食べてみたい……じゅるり！」

「美味ねえ、またそんな夢物語を。少しは現実に目を向けま——ああ、そういえば死んでしまったんでしたね。ック、現実も何もあったもんじゃないです！……でも、この異世界という単語はヒントになるかもしれませんね」

「異世界？　天国だから異世界なのは当然だよね？」

「んー……」

状況は相変わらず摑めないが、取り敢えずこれは飴ではないようだと、意見を一致させる二人。が、もしもの時の非常食として、この半透明板を持って行くべきかどうか、そんな話をし始める。

「あ、ところで甘露ちゃん、髪の毛染めた？　金色でお洒落～」

「えっ？」

話の最中にぶっこまれる、美味の今更発言。この時にして漸く甘露は、自身の容姿の変化に気付くのであった。

手鏡で自らの姿を目にした甘露は、髪が金色に、肌は白く、更には瞳が赤く染まっている事に気付いた。明らかに人種が変化している。幼いながらも聡明な甘露は、直ぐにその事実へと辿り着いた。

「なるほど、これはお洒落ですね。フフッ」

「わあ、良いなぁ。お人形さんみたい！」

が、ショックを受けている様子は微塵もなく、むしろ喜んでいるようだった。興が乗ったのか、その場でクルリと回って見せ、改めて新たな姿を披露する甘露。死んだ事に比べれば、彼女的にこの程度は些細なものに分類されるらしい。

「そういえば美味ねえも、背中に何か背負っていませんか？」

「え？　あっ、本当だ！　何か気持～ち体が重いかなぁ？　なんて思っていたの、気のせいじゃなかったんだ！」

甘露に背の荷物を指摘され、美味が急いでそれを降ろし始める。

「でっかい！」

「でかいですね」

荷物を確認すると、それが大変に大きな包丁である事が判明。鞘に謎のステッカーが大量に貼られている事に驚き、こんなサイズの調理器具が世の中には存在するのかと、二度驚かされる。

「私、何でこんなものを背負っていたんだろ？　誰かからのプレゼント？　お姉ちゃん、モテ期到来!?」

「どこの世界にこんなものをプレゼントする輩がいるんですか……あれ？　でも、うん……？」

目を細め、デカ包丁をジッと見詰める甘露。隣で美味が「欲しいの？　もしかして欲しいの？」と連呼して来るが、今は無視する。なぜならば今彼女の視界には、とある情報が流れ込んでいたのだ。それは正に、これまでに感じた事のない未知の感覚だ。甘露にとって今先決すべきは、その解読だった。

「魔剣、イワカム……？　食材を傷付ける事なく仕留められ、食材としてのランクを向上させる……？」

「か、甘露ちゃん!? ど、どうしよう、甘露ちゃんが意味深な言葉を使い始めちゃった……! でもでも、そういうお年頃だから仕方がないのかな？ そうだよね、生きていたらもう直ぐ中学生だったんだし、ある意味ジャストな時期だよね……分かったよ、甘露ちゃん。お姉ちゃん、ニュー甘露ちゃんを受け入れる！」

「美味ねえ、少し黙ってください」

「あ、はい」

　これはマジな時の声色だと、瞬間的にそう判断した美味。これ以上は不味いなと、以降は大人しくする事にしたようだ。下手をすれば、罰として一食抜かれる。それは美味が最も恐れる事態であり、耐え難い苦痛であったのだ。

「……なるほど。原理は分かりませんが、メソッドは理解しました。美味ねえ、どうやらこの世界、私達の常識が通用しないみたいです」

「はえ？」

　それから甘露は、今しがた使用した『鑑定眼（食）』の能力についての説明を始めた。この力は目にした生物・物体の食に関わる事柄を読み解く力があるのだという。例えば動物を目にすれば、どの部位が食べる事ができるのか、またどういった調理法が適しているのか等々を、事細かく情報として知る事ができるのである。これは木々や花、野菜といった植物にも適用可能で、更に物体に対しては、それらが料理に活用できるかどうか、自然と分かるようになるらしい。

「はえー……ほえー……」

「美味ねえ、ちゃんと私の話、聞いてます？」

「き、聞いてる、聞いてるよ！　でも、どうして唐突にそんな事が分かったの？」

「美味ねえのデカ包丁を見て、ピンと閃きを得たんですよ。ちなみにさっきのべっこう飴もどき、これは端末の一種ですね。一部破損させてしまいましたが、まあ使えない事もないです」

そう言って、美味の目の前でメニュー画面を操作し始める甘露。ゲーム知識はないが、そこは流石のデジタル世代。学習能力の高さを活かし、もう使い熟せるようになっている。

「あっ、このべっこう飴、つけたり消したりできる！　おもしろみ！」

「私達の意思で表示・非表示が可能、と。何とも非科学的ですが、確かにおもしろみ、です。あ、私、種族が吸血鬼らしいですよ」

「吸血鬼！　道理でかっけー訳だね！　ねえねえ、私は私は!?」

「残念、普通の人間です」

「そっかー、人間かー！　うん、またよろしく、そのままの私！」

それから甘露は自身と美味のステータスを表示し、そこに記載されるスキル項目の全てを調べ上げた。その結果、以下の事が判明する。

美味所有スキル

固有スキル『剣術（食）』
　狩りを行う時など、食を目的とした行動をする際に発動する。食欲の強さに応じてF～S級（場合によってはそれ以上の）相当の『剣術』スキルを得る事ができる。

固有スキル『解体（食）』
　狩った獲物を解体する時など、食を目的とした行動をする際に発動する。食欲の強さに応じてF～S級（場合によってはそれ以上の）相当の『解体』スキルを得る事ができる。

固有スキル『察知（食）』
　食材を探し出す時など、食を目的とした行動をする際に発動する。食欲の強さに応じてF～S級（場合によってはそれ以上の）相当の『気配察知』『危険察知』『魔力察知』『隠蔽察知』スキルを得る事ができる。

甘露所有スキル

固有スキル『錬金術（食）』
調理器具を作製するなど、食を目的とした行動をする際に発動する。食欲の強さに応じてF〜S級（場合によってはそれ以上の）相当の『錬金術』スキルを得る事ができる。

固有スキル『鑑定眼（食）』
ありとあらゆる食に関わる情報を得る事ができる、特殊な『鑑定眼』。食欲の強さに応じてF〜S級（場合によってはそれ以上の）相当の詳細を知る事ができる。

固有スキル『吸血（食）』
吸血鬼種が習得する事ができる『吸血』の亜種。料理を食べる事で生命力を得る事ができる。食い溜めして他の者に生命力を分け与える、格下の相手を眷属にするなど、用途は通常の『吸血』に準ずる。食欲の強さに応じてF〜S級（場合によってはそれ以上の）相当の力を発揮する。

「――とまあ、このような力が私と美味ねえに備わっているようです。具体的な発動条件など、更なる詳細を調べる必要がありますね」

「へ～、天国って便利なんだね～。でも、全部が食事に纏(まつ)わる力ってところが、何だか私達らしいかも！　これってさ、この力を使って食を堪能しなさいっていう、神様からのお達しなのかな？」

「いつもながらにポジティブな思考ですね、美味ねえは。ですが、これら能力は良いものですね。特に食欲がそのまま力に変換されるのは、私達にとって大きな強みになりますし」

「うんうん！……あり？」

「どうしました？　納豆の中に辛子が入っていなかった時のような、そんな顔をして？」

「そんな顔をするのは甘露ちゃんだけだよ～。私、シンプルに食べるもん！って、じゃなくてじゃなくて、この画面の一番下の方にさ、補助効果って項目があるじゃない？　そこ、何か不穏な単語がある気がするんだけど……」

「不穏な単語、ですか？」

　美味が指差す、補助効果項目を確認する甘露。するとそこには――『世界の呪い』と、そう記されていた。

　知らなかった事とはいえ、美味達はつい先ほど、メニュー画面の一部を食べてしまうという、歴史上初となる暴挙に出てしまった。世界の理(ことわり)を構築するシステムの一部、それを破壊してしまうとはつまり、世界への反乱を意味する。少なくとも世界のシステムは、美味達にハッキングをされた、という認識を持ってしまったのだ。要するにこの呪いは、世界を構成するシステムからの報復なのである。

　この呪いの効力は、戦闘での経験値取得が無効化、スキルポイントを用いてのスキル習得が不可能になるというものだ。端的に言ってしまえば、永遠にレベル1の状態で、新たな能力も得る事ができない。世界の呪いという大それた名前なだけあって、この世界で生きていく上で致命的な呪いであった。

「天国なのに呪いってどうなのかな？　神様なりのジョークのつもりとか？」

「はぁー、神様も案外ケチですね。これで納豆がなかったら、本気で怒ってるところですよ」

　もちろん、美味達はそんな事を知る筈(はず)もなく、腹いせにメニュー画面の欠片(かけら)をボリボリと食べながら、それはもうボロクソに神を貶(けな)していた。

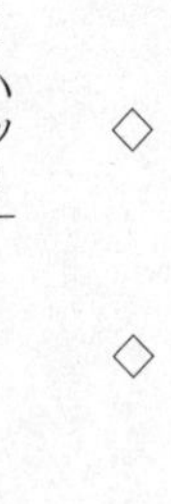

「……ハッ！」

朝、美味はしゅばりとベッドから起き上がり、忙しない様子で辺りを見回していた。

「ふぁ〜……美味ねえ、朝っぱらから元気ですね。どうしたんです？　お腹でも減りましたか？」

その起き上がりようが少しうるさかったのか、ナイトキャップを被った甘露も目を覚ましたようだ。可愛らしい欠伸をしながら、軽く目を擦っている。

「……なるほど、夢だ今の！」

「夢？」

「うん、とっても懐かしい夢を見た気がしたの！　ええと、確か……私達がこの世界に来たばかりの頃の、うん、その辺の夢！」

「ざっくりしてますね。まあ、夢とはそういうものですが」

「とうっ！」

美味が唐突にベッドから飛び上がり、隣り合っていた甘露のベッドへと着地。そして甘露の真横に腰を下ろして、素敵なニコニコ顔を向けて来る。ニッコニコ、ニッコニコである。ああ、これは夢の内容をもっと突っ込んで聞いてほしいんだなと、聡明な甘露は直ぐに理解した。そして抵抗を諦める。こんな時の美味は諦めが悪いのだ。

「……それで、夢の中ではどんな事が起きたんです？　実際に起きた事が、そのままな感じでしたか？」

「うん、多分そんな感じ！　甘露ちゃんと二人で目を覚まして〜、辺りを探索してたらおっきな街とお城を見つけて〜、ギルドに加入して〜」

「ああ、本当にそこからですか。懐かしいですね。王都に初めて足を踏み入れた時は、歴史的な建造物の多さに感動したものです。ギルドに入った時なんか、昨日みたいに酒場の冒険者の方々を怖がらせていましたっけ」

「え？　甘露ちゃんが？」

「美味ねえが、ですよ……！」

甘露は思い出す。王都のギルドに入るや否や、併設された酒場にあった見た事もない料理に魅入られ、暴走状態となった腹ペコ美味の恐ろしき姿を。あれは本当に酷い(ひど)ものだったと、何度も頷いた(うなず)。歴戦の冒険者達が、凄い(すご)勢いでドン引きしていく異様な光景を。

「まあ、あんな騒動を起こしたからこそ、ブルジョンさんの目に留まったとも言えますけどね」

「えへん！」

「そこ、威張らない。別に褒めている訳ではないです。むしろ叱ってます」

「えー」

暴走状態の美味はその後、酒場での騒動を聞きつけやって来た、ギルド長のブルジョンに制圧された。ある意味で劇的な出会いだったし、印象にも強く残っただろうが、一般的には最悪な第一印象だったに違いない。下手をすれば、以降は冒険者ギルドに立ち入る事ができなくなっていただろう。最悪、お縄になっていた可能性もある。しかし、そんな状況でもブルジョンは美味と甘露の才覚を見抜き、ギルドへの加入を認めてくれた。

『あらやだん。こんなにも刺激的な邂逅、今時珍しいどころの騒ぎじゃないわん。私の好奇心センサーがビンビンに反応しちゃってるん！　貴女達、冒険者に興味はないかしらぁ？』

いや、むしろ率先してスカウトしてくれたと、そう言っても良いかもしれない。ブルジョンの言動に色々な意味で危ない雰囲気が感じられたが、それでも甘露はブルジョンが信頼の置ける人物だと判断した。この人は強い、その上でしっかりとした芯があると、そう判断したのだ。……あと、料理も絶対に上手くて美味いとも判断した。

「お姉ちゃんの功績も、少しは認めてくれても良いと思うのに～」

「認めるところは認めていますよ。F級から始まり、数日後にはE級へ、トントン拍子でD級、C級と順調にランクアップを重ねていけたのは、美味ねえの戦闘力があってこそです」

「えへん！」

「いえ、褒めてないです」

「ええっ、今のは褒めてたじゃん!?」

ぶーぶーと口を尖らす美味。爽やかな起床ができなかったお返しなのか、今日の甘露はより美味を振り回している。

「それよりも、私達にかけられた呪いがどうにかなって良かったなと、今更ながらに安堵しています」

「あ～、確かに確かに～。美味しいものを食べてレベルアップするだなんて、本当に驚きだよね！　まさかまさかだよ～」

「正確には自分達で狩猟、採取した食材を、ですけどね」

そう、解呪こそできていないが、当初最大の不安&神様への愚痴要素であった『世界の呪い』を、二人は既に半分ほど克服していた。美味の『剣士（食）』、そして甘露の『錬金術師（食）』は、食事行為でも成長をする事ができる職業であったのだ。新たにスキルを覚える事はまだできないが、それでもレベルアップが可能となったのは、大きな前進である。

「一度食べて経験値を得た食材は無効だし、美味しく料理した方が経験値量も多いんだっけ？」

「ですね。ですから初めて口にするものは、可能な限り美味しく調理する必要があるのです。美味ねえの魔剣がある今、その最大効率を叩き出す為には、自ら狩りや採取をするのが一番！……という結論に行き着きました。もちろん、狙い目は強力でレアな獲物です」

「相手が強ければ強いほど、倒した時にイワカムが美味しくしてくれるもんね～。どんなに高価で珍しくても、美味しくなければ意味がないのだ～」

「ですです。この冒険者稼業は私達にとって、正に理想の仕事であると言えるでしょう。美味しく食べればレベルが上がり、更には依頼達成の報酬金が貰えます。ギルドが次々と食材情報を提供してくれますし、ランクアップしていけば、更に活動範囲を広げる事も可能と来たものです」

「前の世界と違ってお肉を狩っても怒られない、むしろ感謝される！　本当に良い事尽くしだよ～。ハッ、この世界はやはり天国だった!?」

「まだ言っているんですか、美味ねえ。ここは天国ではなく異世界ですよ？　ええ、お腹一杯に食べても何の問題もない、飢えに苦しむ事もない、素敵で素晴らしき異世界なので――」

　――ぐぅ。

「……」

　意味深な台詞を話していた甘露であったが、不意に二人のお腹から、食事の催促をする音が鳴り出した。それが微妙なタイミングであった為なのか、それとも美味と仲良く鳴らしてしまった気恥ずかしさからなのか、甘露の頬が少し赤くなる。

「コホン！　そう、私達はもう我慢をする必要がないのです。という訳で、朝食へ向かいましょう。昨日の夕食の出来からして、朝食も期待できると推測します」

「甘露ちゃん甘露ちゃん、我慢する必要はないけど、ネグリジェのまま食堂に行くのはどうかなって。お着替えを忘れちゃ駄目だぞ？」

「……ッ!?」

現在ナイトキャップ&ネグリジェを装備していた甘露は、さっき以上に顔を赤く染めていた。どうやら彼女は朝に弱いらしい。

「いやはや、この時間帯はお姉ちゃんがお姉ちゃんできる、貴重なゴールデンタイムだよ～。可愛い甘露ちゃんの姿も見れて、お姉ちゃん幸せ～」

「み、美味ねえ、早く着替えてください！　今日はハイキングに行く予定があるんですよ！　私は仕込みで忙しいんです！　あー、忙しい忙しい！」

「はいは～い、着替えま～す」

ドタドタと準備をする甘露に、妹を眺めながらマイペースに着替える美味。黒鴉(くろう)姉妹の朝は、大体がこうして始まるのであった。

「えっ、もう出発するんですか？　昨日の今日ですよ？」

冒険者ギルドの酒場の一角から、エッジの驚き声が聞こえて来る。テーブル席に座る彼の向かい側には、出発準備万端な美味と甘露が座っていた。

「確か昨日、何日かは休みをもらうとか言っていなかった？」

同席していたセシルも、エッジと同じく疑問の声を上げる。依頼で得た報酬金、日帰りか遠出かでもその日数は左右されるが、冒険者とは通常、依頼を終えた後は何日かの休みを挟むものだ。エッジらのパーティもその例に漏れず、今日一日は丸々休暇にする予定となっている。

「別に新たな依頼をやりに行く訳ではないですよ」

「ですです。ちょっとそこまで、リフレッシュを兼ねたハイキングに行くだけですよ～」

「ハイキング、ですか？」

美味達の場合、絶対に食は外さないのだから、それはむしろピクニックでは？　と、エッジはそんな事を考えたが、口には出さないでおいた。

「あー、休みをそんな風に使う人、確かにいるもんねー。まあ、そんな風にわざわざ休日に出歩こうとする冒険者は、あんまりいないと思うけど……」

「え？　俺はよく山とか登ってるぞ？」

「僕もそれなりに遠出をしますね」

「クッ、このアウトドア派め……！」

ちなみにであるが、三人は昨日の宴会で大分美味達と打ち解けていた。セシルなどはこの通り、すっかり同年代と話すような口調だし、ジャックも同じようなものだ。敬語を使っているのは、元からそんな喋り方をしているエッジくらいなものだろう。

「おお、という事は皆さん、結構この辺の地理には詳しいですね！」

「あれっ？　私もアウトドア派に入れられてる？」

「知らない土地を当てもなく進むのも一興なのですが、お休みの日という事で、一応はちゃんとした計画を立てようと思いまして。なので地元の皆さんに、この辺りでハイキングに適した場所がないか、お伺いできないかなと」

「なるほど、そういう事ですか」

「でも、ハイキング、ハイキングねぇ……私はあまり詳しくないからなぁ」

「なら、あそこはどうよ？　ほら、俺達が小さい頃にさ、よく冒険者ごっこをしに行った――」

◇　◇　◇

ジャックにハイキングコースを教えてもらった美味と甘露は、その後直ぐにパゲティ村を出発し、西へと向かった。そしてゆったり歩く事、数十分。到着した先で彼女らが目にしたのは、自然豊かかつ長閑な河原であった。

「わあ！　ここ、全っ然殺気がないよ、甘露ちゃん！　平和も平和、大平和！」

「美味ねえ、前提条件がおかしいですよ。ハイキング場所を聞いたのに、そんな殺気立った場所を教える人なんていないでしょうに。……ですが、ここは確かにのんびりするのに丁度良さそうですね。聞こえて来るのは水の音、野鳥のさえずり——つまるところ、心穏やかになるものばかりです」

「だね～。モンスターも滅多に出現しないそうだし、万が一出会ったとしても最弱クラスなんだっけ？」

「らしいです。子供の頃でも余裕で逃げられたとか、ジャックさんがそう言っていましたね」

「あはは、まさかの経験談～」

　パゲティ村出身のエッジらは、子供の頃によくこの辺りに来ていたという。村からそう遠くなく、モンスターに襲われる危険性も殆どなかった為、子供だけで来る事ができる、数少ない遊び場所であったそうなのだ。ハイキングをするのに打って付け、正に天然の保養地と言えるだろう。

「ふふん、これなら良い休日を過ごせそうです。主に、食的な意味で」

「うんうん！　今日のテーマはズバリ、ゆったりまったり食ったり！」

　エッジの予想通り、二人の最優先事項はやはり食である。ゆったりまったりしつつ、一日中野外での食事を楽しむのが、今回の目的のようだ。

「ほっ、はっ！」

「流石は美味ねえ、良い仕事振りです」

　河原近くに陣取り、キャンプの時にも使った椅子などをテキパキとセットしていく美味。ものの十数秒ほどで拠点が完成する。

「で、まず私はこれッ！」

　続いて美味が取り出したのは、お手製の釣り竿だった。尤も、甘露が錬金術で作製したものなので、お手製と称して良いのかは微妙なところだが。しかしながら、その性能は確かである。糸を水面に垂らしただけで、本物の小魚の如く水中を泳ぐ不思議なルアーは、人が見ても本物と間違えてしまうほどの出来なのだ。これならば釣りに関して完全素人な美味でも、それなりの成果を挙げる事ができそうだ。

「待っててね、甘露ちゃん！　お姉ちゃん、大物を釣り上げてみせるから！　期待の新星だよ！」

「はい、沢山期待していますから、バンバン釣っちゃってくださいね。私は私で調理を進めますので」

　対して甘露がポーチから取り出したのは、昨日錬金術で作製したばかりの箱型燻製器であった。昨夜、部屋で雑談をしながら作っていたのは、どうやら燻製器であったようだ。河原でのんびりと食材を燻製し、休日を楽しむつもりなんだろう。

……しかしながらこの燻製器、少々、いや、かなりサイズ感がおかしかった。業務用の冷蔵庫かと、思わず二度見してしまうほどの大きさなのだ。彼女らの胃の大きさを考慮すれば、まあ納得の大きさではある。あるが、やはりどう考えても、河原で鼻歌を歌いながら使うような代物ではなかった。

「わあ、またすっごい燻製器を作ったね！」

「凄いって、美味ねえは昨日も見たじゃないですか」

「でも、凄いものは凄いよ！　それで、何を燻すの？　私が釣り上げる予定のお魚？」

「いえ、魚はまた別の調理をしようかと。何分初めての調理方法なので、まずは宿で準備しておいたコカトリスのゆで卵、以前王都で購入した暴れ鬼牛のチーズを入れてみようと思います。これらは燻し初心者にも作りやすい食材、だった筈なのです」

「ほほう、つまりスモーク卵とスモークチーズが出来上がる訳ですな？　想像するだけでもヨダレが止まりませんなぁ。じゅるりら」

「はいはい、変な口調になっていないで、美味ねえは釣りに集中してください。じゅるりら」

呆れた様子で美味を釣りに行かせる甘露であったが、そう言う彼女も若干ヨダレが出ていた。

「さて、私も調理に集中するとしましょう。燻す際に使うスモークチップ・スモークウッドは、確か桜の木がポピュラーなものだった筈。しかし、この世界で桜の木を見た事はまだありません。別のもので代用する必要があります。……と言いますか極論、煙が出れば木の種類は何でも良いんですよね。まあ、私なりに厳選はしてみたのですが」

ゴソゴソと、再びポーチの中身を漁り出す甘露。昨日のうちにある程度の候補を選んでいた彼女であったが、どれにするかまでは決めかねているようだ。

「よし、これでやってみましょう。今日は食と同時に、癒しを求めている訳ですし」

そう言って甘露が取り出したのは、世界樹と呼ばれる伝説の樹木だった。甘露はその樹木を特製スモークウッドに錬金、手の平サイズの丁度良い大きさに仕上げる。

「さあ、観念してモクモクしてください。モクモク、モクモク……！」

着火用のスプレーボトルで、数分ほどスモークウッドを焙る甘露。すると燻煙材は段々と黒くなっていき、狙い通りモクモクと煙を出していくのであった。上手くスモークウッドを錬金できたと、その瞬間に甘露が小さくガッツポーズを決めたのは、内緒の話だ。

「これを燻製器の下にセット、卵とチーズを上の段にセットして……うん、これで一度様子を見ましょうか。待っている間は、まあ読書でもして――」

「――甘露ちゃーん！」

甘露が本を取り出そうとしていると、不意に美味の叫び声が聞こえて来た。その喜びに満ちた声色に、早速何かを釣り上げたのかと、甘露は感心しながら顔を上げる。

「おや、随分と早いですね。もう一匹目を釣ったんですか？」

「うん！　ほら見て、エルフが釣れたよ！」

「!?」

しかし、美味が釣り上げたという獲物は予想外のものだった。これ見てこれ見てと、高々と上げられた美味の右手が摑んでいたものは、傷付いたエルフの女性であったのだ。

水浸しで気絶した状態ではあるが、そんな有様でも、エルフが大変に美しい容姿をしている事は直ぐに分かった。美味と甘露も道行く人が振り返るほどに整った容姿をしているが、それはどちらかと言えば可愛い分類に寄っている。対してこちらのエルフは、綺麗を極めたお姉さんといった印象なのだ。同じお姉さんとして、美味にライバル出現の予感である。まあ尤も、本人は欠片も気にしていないのだが。

話を戻そう。気絶した彼女は長い銀髪をポニーテールにまとめ、エルフの民族衣装なのか、全体的に服装が軽装かつヒラヒラしていた。スカートなのに、大胆なスリットまで入っている。森に住まう者として、この服装は如何なものか。それに、エルフのイメージからしてもちょっと違うようなと、甘露の頭の中は疑問で一杯だ。だがしかし、その前に言っておかねばならない事がある。

「美味ねえ、黒鴉の五戒をお忘れですか？　いくら釣れたからと言って、エルフは食べられませんよ？　食べてはいけませんよ？」

「えっ？　あっ、いやいや、違うから！　獲物として捕まえたんじゃなくて、怪我人を救助しただけだから！　五戒は忘れてないし、それはとんだ誤解だよ！……ぷっ、ふふふっ！　五戒に誤解って……！」

「クッ、ふふふっ……！」

二人は何かに耐えるかのように、顔を背けながらプルプルと震え始めた。そんな謎の間が数秒ほど挟まった後、若干涙目になっている甘露が何とか立て直し（？）を図る。

「そ、そんな面白い冗談を言っても駄目ですよ。それに美味ねえ、その持ち方は明らかに獲物が捕まった、やったー！って時の持ち方です。思いっ切り首根っこを摑まえているじゃないですか。もっと怪我人を労わってください」

「あっ、いつもの癖で！」

「まったくもう……ところでその方、ちゃんと生きてます？」

「息はしてるみたい。川から流れて来たのに、水も全然飲んでないかな」

「それは興味深いですね。何か魔法を施していたのでしょうか？」

エルフの怪我の具合を確認する為に、取り敢えずテントの中に彼女を運ぶ事に。寝袋の上にエルフを寝かせ、美味が濡れた彼女の体を拭き、甘露が外傷を確認する。

「わあ、エルフの人って体も綺麗だね～。擦り傷が多いけど、肌自体は陶器みたいに白くてすべすべ！　スタイルも良いし！」

「エルフは美男美女ばかりの種族ですからね。歳を重ねる事での老化現象が容姿に現れず、それ故に肉体も衰える事がないと聞きます」

「へえ、女の子として羨ましいね～」

「ですがその一方で食が細く、口にする食料もかなり偏食的であるらしいですよ。特に肉類はまず食べないとか」

「私、私で良かった！　ビバ、沢山食べられる私！　好き嫌いのない私！」

その場で立ち上がり、クルクルとご機嫌に回り始める美味。テンションの高さから察するに、結構お腹が減って来た様子である。

「美味ねえ、怪我人の近くなんですから、できるだけ静かにしてください。……それにしても、本当に思ったよりも軽傷ですね。擦り傷くらいしか外傷らしい外傷が見当たりませんし、まるで眠っているかのように呼吸も安定していて――」

「――すや、すやぁ……」

「……」

その瞬間、もしやこのエルフ、気絶ではなく単に眠っているのでは？　という考えに至る甘露。いや、まさか、などと首を振って否定しようとするが、やはりエルフの口から聞こえて来るのは、安らかな寝息でしかなかった。

「そうだね、怪我人病人の傍では静かにしないと！　ところでお姉ちゃん、そろそろ空腹な時間帯だよ、甘露ちゃん！」

「む、むにゃ……？　にゃんだ、やけに騒がしいな……？」

空気を一切読まない美味の大声に反応したのか、気絶（？）していたエルフが目を擦りながらゆっくりと身を起こした。まだ脳が覚醒していないのか、むにゃむにゃと言葉にならない声を発している。

「「……」」

間近で重なり合う視線、無言のまま進む時間。あまりに奇妙な空気感であった為なのか、時の流れが長く感じられる。ただまあ、それでも時はいつか動き出す訳で。

「……ハッ！　こ、ここはどこだ？　お前達は一体？　私は水の中でリラクゼーションしていた筈では……⁉」

先に口を開いたのは、謎のエルフの方だった。どうやら川で溺れていたのではなく、ただ単にリラクゼーションをしていたようだ。道理ですやすやと眠っていた訳である。

「なーんだ、エルフさんは水中でリラックスしていただけなんですね！　私、勘違いしてしまいました！　反省！」

「美味ねえ、そんな陽気に流さないでくださいよ。ええと、何と言いますか……」

「むっ、自己紹介が遅れたな、人の子よ。私の名はイータ、ここより少し離れた地より参った。この身は見ての通り、エルフ族である」

まだ聞いてもいないのに、自ら自己紹介をする謎のエルフ、イータ。噂と違い、エルフにしては妙に友好的な様子だ。その点が気になったが、仕方がないので甘露と美味も続けて自己紹介をする事に。

「――なるほど、カンロにミミか。風変わりだが、良き名だな。両親に感謝すると良い」

「ハ、ハァ、ありがとうございます……？」

「わーい、名前を褒めてもらっちゃった！」

グッと両手の親指を立て、ナイスだと表現するイータ。こっちの世界もジェスチャーは共通なのかと考えながら、動き回る美味を押さえる甘露。

「それで、イータさんは川の中で何を……と聞きたいところですが、先ほど言っていましたね。一応の確認なのですが、本当に溺れていた訳ではなかったんですね？」

「ん？　ああ、溺れてはいないな。知っていると思うが、我々エルフは大自然の中で暮らして来た種族だ。だからと言うべきか、自然を感じられる場所にいると心から落ち着く。

そういう種族としての特性があるんだ」

「「ふんふん」」

激しく頷く美味。軽く頷く甘露。

「少し話が逸れるが、私はとある大事な使命を担っていてな。里を出発して、ここまで長い旅をして来た。しかし、旅を続ければ疲労も溜まるのが自然の摂理。少しだけ休憩しようと、仮眠をとる事にしたんだ。それで、どうせ眠るなら良い環境でと思い、川に飛び込んだ」

「ふんふん」

「ふ……ん、んん？」

激しく頷く美味。頷きを止める甘露。

「木々に寄り添い、土の匂いを感じながら眠るのも悪くはない。しかし、それは安眠するには半端と言わざるを得ないんだ。真の安眠を得る為には、水のせせらぎを直に耳にする事ができ、全身で自然を味わう事ができる水中で眠るのが一番！　だからこそ、私は飛び込んだ。そして、すやすやと癒しを得る事に成功したんだ。現にここへ運び込まれるまで、私は熟睡していただろう？」

「な、なるほど、納得です！　熟睡していたが故の無抵抗！　その結果川に流され、体中が生傷だらけに！　そして、私の釣り竿に引っ掛かった訳ですね！　謎が解けてスッキリしました！」

「いやいやいや……」

納得する美味。待ったをかける甘露。

「カンロ、安心してくれ。私は青魔法の心得があってね。ちゃんと水中でも呼吸ができるようには、前もってしていたのさ。まあ、こんなにも流されてしまったのは予想外だったがな！　ハッハッハ！」

「ですよねー、あははー！」

「は、ははっ……」

青魔法、水と氷系統の魔法が使えるようになる、魔法スキルの一種である。確かに青魔法の中には、水中での呼吸を可能とするものもあるだろう。しかし、しかしだ。だからと言って川の中で眠ろうとするのは、果たしてどうなのだろうか？　大自然で生きるエルフの中でも、流石(さすが)にイータは変わり者に分類されるのでは？　と、甘露は疑問に思う。

「あの、まさかとは思いますが、エルフ全体がそんな感じの種族ではないですよね……？」

「む？　カンロ、何か言ったか？」

「い、いえ、こちらの話です。お気になさらず。ですが、大事ないようで安心しました。リラクゼーション中にお騒がせして、申し訳ありません」

「あっ、私も！　ありませんでした！」

甘露と美味が頭を下げる。

「いや、二人が頭を下げるような事ではないさ。と言うよりも、私こそ紛らわしい行為をしてすまなかった。まさか魚のように私が釣られる事になるとは、夢にも思っていなくてね」

「ハハハ、それはそうでしょうね……」

「ところで、ここはどこに位置する場所だろうか？　実は私、王都を目指していてね。そろそろ到着する頃だと思っていたんだが……城下町はここから見えそうか？」

「王都、ですか？　ここはパゲティ村の近くですが……王都とは全然違う場所ですよ？」

「なるほど、そうかそうか、パゲティ村か。王都とは全然――えっ？」

「えっ？」

「「えっ？」」

「じゃ、私そろそろ釣りに戻るねー」

イータと甘露は「えっ？」と何度か聞き返し、美味は空気を読まずに釣りに戻って行った。

◇　◇　◇

「な、何という事だ。道を間違えて進んでいたなんて……！」

甘露からより詳しい話を聞き、直後にがっくりと項垂れるイータ。先ほどまで見せていた爽快な笑顔は全て消え去り、彼女の周りが憂鬱とした暗い空気に染まってしまっている。どうやら王都に急ぎの用事があったらしい。

（そういえばさっき、大事な使命があると言っていましたね。王都に向かうのは、その使命が関連しているのでしょうか？）

と、イータの事情を推測する甘露。

「クッ！　私には里を救い出す為の、重要で大切で大事な使命があるのに、まさかこんなミスをしてしまうなんて！　このままでは、里が、里がッ……！」

「取り敢えず、落ち着きましょう。イータさん、王都までの地図は持っていなかったんですか？」

「そ、それがだな……里を出た時に地図は持っていたんだが、一度目のリラクゼーションの時にずぶ濡れにしてしまって、使えなくなって……」

「え？　あ、ああ、例の安眠方法ですか……では、ここまではどうやって？　まさか、勘を頼りに来た訳ではありませんよね？」

「当然だろう。いくら外の世界に疎い私だって、そんな無謀な事はしないさ。そう、私は挫けなかったんだ。地図を失った私は人に道を尋ね、王都を目指す作戦にシフトチェンジした。幸いな事にエルフである私にも、外の住民達は懇切丁寧に道のりを教えてくれた。そして、私は知ったんだ。人の温かみを、種族を超えた思い遣る心を、魅惑のご当地グルメを！……私は成長した。これらの事は、里を出なければ知る事ができなかった、私の大事な宝物だ」

「最後の方、何か変な言葉が交じってませんでした？」

良い話で纏まりそうであったが、甘露は細かいところを見逃さなかった。グルメとは何だと、鋭いツッコミを入れる。

「ん？　ああ、折角里の外に出たのだから、外の料理も味わってみたいと思ってな。道を尋ねるついでに、そちらの情報も集めていたんだ」

「急いでました？　本当に王都へ急いで行こうとしていました？」

「もちろん、可能な限り急いでいたとも！」

イータは自信満々にそう言い切った。その澄み切った瞳に、嘘を言っているような気配は微塵もない。

「だが、ここで一つだけ予想もしていなかった出来事が起こったんだ。ひょっとしたら、それが悲劇の始まりだったのかもしれない……」

「ハァ、予想もしていなかった、ですか……それは一体何です？」

甘露、既に何が起こったのか予想できた模様。最早表情と心がクールと化している。

「その、教えてもらったグルメ情報も役立てねばと、寄り道をしつつ王都への最短ルートを辿るつもりだったのだが……気が付けば、ここに辿り着いていたのだ。おかしいんだ、私はパゲティ村の名物料理を諦めていた筈なのに、この身は無意識のうちにパゲティ村を目指していた。何と摩訶不思議な事だろうか……！」

「……」

甘露は再度思う。このエルフは本当に大事な使命を果たそうとしているのだろうか？　果たそうとしていたとしても、自らのリラクゼーションや食欲に負ける程度の、些細なものなのではないだろうか？……と。

ドジというか天然というか欲望に素直というか、イータの行動っぷりは斜め上を行っていた。ちなみに今、甘露は凄く冷めた表情をしている。クール＆クールである。

（まあ食欲に忠実なのは、私達も否定する事ができないのですが……）

ただ、極一部の部分については共感する甘露であった。

「……イータさん、一つ提案です」

「む？」

「今日はここで一泊しますが、私達もその後に王都へと向かう予定だったんです。よろしければ、王都には一緒に向かいませんか？　これでも私達は結構なグルメですから、道中の食事の美味しさも保証しますよ。王都に行けて、美味しいものも食べられる。正に一石二鳥です」

そう甘露が言った次の瞬間、イータはガシリと彼女の手を摑んでいた。

「是非、是非ともお願いしたい！　王都に到着した暁には、私にできる事は何だってしよう！」

「え？　あ、はい……」

勢いが凄かった。それでいてキラキラとした澄んだ瞳をしているのだから、大したものである。

「わぁー！　甘露ちゃん甘露ちゃん！　たいへーん！」

テントの外から唐突に美味の叫び声が聞こえて来た。何やら大変大変と連呼している。

「むっ、何かあったのだろうか!?　カンロ、ミミの下へ急ごう！」

「あ、はい。まあ、大丈夫だと思いますけど」

急いでテントを飛び出し、釣りをしていたであろう美味の下へと向かうイータ。そんな彼女の後を追い、マイペースな小走りで向かう甘露。二人が河原に辿り着くと、そこには何かを掲げた美味の姿があった。その光景はどこかのエルフを救助した際と、なぜか似たシーンとなっているような……いや、恐らくは気のせいだろう。

「見て見て、すっごいの釣っちゃった！　この魚、白金色に輝いてる！」

美味が叫んでいる通り、その手に摑まれた魚は太陽光を浴びて眩く輝いているようだった。直視すると少し眩しいくらいである。しかも、美味が腕を掲げた高さから、尾が地面に届きそうなほどに大きい。この川のどこにこんな大物が潜んでいたのか、不思議になるほどのサイズ感であった。

「な、何という輝きに大きさだ……！　この川で、あのような魚が釣れたのか!?」

「なるほど、プラチナサーモンですか。普通はこの辺で釣れる筈がない種類の魚ですね」

鑑定眼（食）を発動させた甘露が、食材の情報を読み取っていく。

「えへへ～、漸く釣れたよ～」

「美味ねえ、釣りに関してはてんで素人で、私のスーパールアーを使ってもなかなかヒットしませんもんね」

「素人？　むう、こんなにも見事な魚が、素人に釣れるものなのか？」

「そこはまあ、美味ねえの特殊性と言いますか、釣れる機会が少ない分、釣り上げた魚はなぜか珍しい場合が多いんですよ。多分、美味ねえはそういう星の下に生まれているんです」

「そ、それは羨ましいな……ああ、それでさっきは私が釣られたのか。魚ではないが、確かにエルフは珍しいからな。納得納得」

そういう事ではないのだが、甘露はそれ以上口を挟まないでおいた。活きの良い食材を、こうして目の前にしているのだ。今の彼女の最優先事項は、如何にしてこの魚を美味しく調理するか、それを決める事となっている。

「……チーズや卵とは違って、魚を今から燻製させるには、下処理に時間がかかってしまいますね。この前のナババの葉がまだ残っていますし、ここはホイル焼きで調理してみましょうか」

「わーい、プラチナサーモンのホイル焼き――」

「――な、何だ、そのホイル焼きとは!? 聞いた事のない言葉だが、聞いただけで美味しいと分かってしまうぞ!? 教えてくれ、その詳細をッ!」

歓喜する美味の大声が、イータによる更なる怒濤の叫びで上書きされる。これには流石の美味もポカンな様子である。

「あ、し、失礼した。つい、思った事が口に出てしまった……」

「フフッ！　いえいえ、何も失礼な事なんてないですよ！　美味しそうなものがそこにあれば、誰だって興味を持つのが普通ですもん！　ねっ、甘露ちゃん！」

「まあ、そうですね。極自然な事です。イータさん、エルフは食べられない食材が多いと聞いていますが、何か好き嫌いはあるでしょうか？　一応、可能な限り対応したいと思うのですが」

「いや、嫌いなものは特にないぞ。むしろ、何だって好きだな。肉だって大好物だ！」

既にヨダレが止まらない謎エルフ。このエルフは本当にエルフなんだろうか？　と、訝しむ甘露。流石（さすが）に肉が好物のエルフは初耳であったのだ。

「そ、そうですか……さて、ならば善は急げ、早速調理に入りましょう。美味ねえ、プラチナサーモンの解体をお願いします。三枚におろしてくれれば、後は私がやりますので」

「了解だよ！　とうっ！」

その場で魔剣イワカムを抜いた美味は、一太刀でプラチナサーモンの巨体を三枚におろしてしまう。どうやって斬ったのか、ヒレや鱗（うろこ）、内臓までもが綺麗（きれい）に分けられ、タイミングよく甘露が取り出した大皿の上に乗っかっていった。プラチナサーモンは中身までもが輝いているのか、解体後も輝きは失わないようだ。

「戦闘力はないようなものでしたが、この食材は元々十分に美味しいものですね。調理のし甲斐（がい）がありそうです」

◇　◇　◇

テント前に置かれたテーブル席にて、甘露の調理を待つ美味とイータ。一応大人しく待ってはいるが、その様子は待ての状態にある犬のようであり、じゅるりらじゅるりらと欲望の音が彼女らの口から聞こえて来ていた。彼女らは待っている。よし！　の合図をひたすらに待っている。

「いや、まだ調理を始めてもいませんから……ああ、そうだ。燻製の方はそろそろ頃合いですし、チーズと卵を先に食べますか？」

「ひゃっほい！　待ってました！」

「是非に是非にぃ！」

あれ、この二人は姉妹だったっけ？　と、実の妹の甘露がそんな風に思ってしまうほどに、美味とイータの息はピッタリと合っていた。

（フフッ、美味ねえのハイテンションについて行けるとは、イータさんもなかなかやりますね。何気に初めての事でしょうか？）

異世界広しといえども、腹ペコ美味の調子に合わせて行ける者は非常に珍しい。更にそれが気難しい種族である筈のエルフなのだから、甘露はそれが少し面白く思えた。

「うん、見た目は良い感じになっていますね。狙い通りのスモーク具合です」

「ああ、何だか独特の香りが漂って来る……！　甘露ちゃん、ハリーハリー！　私はこれ以上待てないよ！」

「少し甘い感じのする匂いだな？　おお、不思議と心が落ち着くような気がする」

かと思えば、ここでイータのみ調子が落ち着いていった。燻製器より漂う燻す香りが、彼女の心を鎮静化させているようだ。

「燻煙材という木材で香り付けをしているので、自然が身近にあるエルフの方には親近感があるのかもしれませんね」

「スモークチーズぅー！　燻製卵ぉー！」

「うんうん、美味ねえは変わらずにいつも通りですね。逆に安心します」

特製燻製器からお試しで燻製したチーズと卵を取り出し、皿へと盛っていく甘露。但しお試しと言っても、量は黒鴉姉妹基準である為、皿の上は山盛りだ。そして取り出したチーズ等々と入れ替えるように、甘露は新たに別の食材を燻製器に詰めていった。

「チーズはここまでの道中でも食した事があったが、これはそれらよりも香りが強く、色合いが濃いな。スモークチーズ、だったか？　これは蒸し料理の一種なんだろうか？」

「蒸すというよりも、燻して調理したものですね。まあ、似たようなものではありますが」

「ねえねえ、それよりも早く口に入れよう！　この甘美なる香りを、直に体験しよう！」

「あ、ああ、そうだな。では、頂くとしよう」

パクリと、三人が同時にチーズを口にする。

「んん～～～ッ……！　濃厚！　それでいて、香りのお陰でクセも殆ど感じないね！」

「……お、驚いたな。初めてチーズを口にした時も驚いたものだが、これはその時以上の衝撃だ」

「ん、燻す事で更に風味が増していますね。なかなかいけます」

「暴れ鬼牛のチーズって、確か凄い高級品だよね？　目につくものを直ぐに破壊しようとするから、家畜としては適さないんだっけ？」

「はい、なので元となるミルクを手に入れる為には、暴れ鬼牛を野生で発見して、生きたまま動きを封じる必要があるんです。そうやって初めて搾乳できる訳ですね。入手難度が高い分、味と栄養価もそれ相応となっています。ええと、確かC級冒険者が受注する依頼にありましたっけ」

「お、おい、ングング……良いのか？　パクッ。そんな高級品を、もにゅもにゅ……ゴクン！　私も一緒に食べてしまって？」

「それだけの量を確保していますので、お気になさらず——と言いますか、全然気にせず食べてるじゃないですか」

「うう、手が勝手に動いて口に運んでしまうのだ……」

「まあ、それは確かに」

パクパクと食べ続ける三人。そしてチーズを堪能したお次は、コカトリスの燻製卵に手が伸びる。コカトリスの卵は鶏の卵よりもひと回り大きく、それこそ握り拳ほどもありそうな大きさだ。また、コカトリスは猛毒を有し狂暴である為に、暴れ鬼牛と同じく家畜化には今のところ成功しておらず、唯一無毒である卵は、市場で高級品として扱われている。

「卵も色が濃いな。その燻製とやらをするだけで、こんなにも黒っぽく染められるものなのか」

「うーん、とっても美味しそう！　白身が色付けされた卵って、それだけで特別感があるよね！」

「一応中身が半熟になるように調理したつもりです。上手くいっていると良いのですが」

パクリと、三人が同時に燻製卵を口にする。

「はわ〜〜ッ……！　味がしっかり染み込んで、黄身もちゃんと半熟だよ〜！　それに、一口が大きくて幸せぇ！」

「な、何だ、この複雑な味は……！　先ほどのチーズにも似た風味があるのはもちろんだが、食べた事のない味わいが口の中に広がっていくぞ⁉」

「あ、はい。燻す前のゆで卵の状態で、秘伝のつゆダレに漬け込んでいましたから、その味かと」

「秘伝の、つゆダレ……？　そ、それは一体どうやって作ったんだ⁉　他の料理にも応用できるものなのか⁉」

「応用は可能ですが……すみません、作り方は企業秘密です」

「そんな殺生なぁ⁉」

ここからは撮影禁止です。秘伝は秘密だから秘伝なのです。と、甘露は絶対に譲らなかった。店主のこだわりである。

「そうか、だからこその秘伝なのか――ん？　これは……」

説得を諦め、美味にも負けない勢いで燻製を食べていたイータが、ふと自らの腕を見て食べるのを止めた。

「どうしました？」

「いや、それがだな……腕のここにあった生傷が、いつの間にか綺麗さっぱりなくなっているんだ。さっきまでは確かにあった筈なのに」

そう言われ、傷があったと思われる箇所を美味と甘露も確認する。確かに、イータの腕にあった傷は綺麗になくなっていた。

「わっ、本当ですね。傷痕も残っていません。というか、全身の傷が治ってますよ、イータさん！　なるほど、これがエルフの不思議パワーなんですね！」

「そんな便利なパワー、エルフにはないぞ……」

「えーっと、それじゃあ……分からない時は、まず甘露ちゃんに聞く！」

早々に白旗を挙げて、元気よく甘露の方へと振り向く美味。それは姉としてどうなのだろうか、というツッコミは受け付けていないらしい。

「恐らく、燻製に使ったスモークウッドの力かと。今回の燻製には、世界樹の枝を使いましたから」

「ッ!?」

「世界樹の枝？　そんなのあったっけ？　そもそも世界樹って何？」

甘露（かんろ）の言葉に驚愕（きょうがく）して声も出ないイータ、一方で全く意味を理解していない美味。

「世界で一番大きな樹、それが世界樹です。その生命力の高さは人知を超えており、世界樹の葉っぱ一枚を煎じて飲めば、どんな大病も治るのだとか。骨折箇所を世界樹の枝で固定していたら、翌日に骨折が完治していた、なんて話もあります。その回復効果が燻製した食材に移ったのかもしれませんね」

「へえ、そんなすっごい便利なものがあったんだね！　納得納得！」

「いやいやいや、簡単に納得してはならないぞ、ミミ！　確かに世界樹にはそのような言い伝えが存在しているが、あくまで言い伝えだ！　それがまさか、本当に実在していただなんて……カンロ、これを一体どこで？」

「それはですね……当然、企業秘密です」

「またかぁ!?」

何はともあれ、イータ、全快。

企業秘密が守られたところで、甘露はプラチナサーモンの調理を開始する事にした。宣

言通り、調理法はホイル(ナババ)焼きである。

「モグ、モグ……」

「パク、パク……」

　食べる専門の二人、美味とイータは席にてその様子を見学中。もちろん、その手にはスモークされたチーズと卵が握られている。但し、それらを食す速度は落ちていた。もうお腹(なか)が一杯になった？　無論、そんな事はあり得ない。彼女らの食事はまだまだ始まったばかりなのだ。では、どうしてペースが遅くなってしまったのだろうか？

「イータさん、プラチナサーモンの調理が終わるまで、恐らく多少の時間はかかります。その事をお忘れなく……！」

「ああ、我々が本気で食べてしまうと、一瞬でこの山がなくなってしまうからな。次の燻製(くんせい)もあの器具に入れたばかり、ここは堪(こら)えどころだぞ……！」

　そう、二人が欲望に従って自由に食べてしまうと、山盛りの燻製が一瞬でなくなってしまう為、ペースを落としていたのだ。調理が終わるまで繋(つな)ぎが持たない、それはつまり、ジッと我慢しながら調理風景を見守る事に繋がる。空腹状態の彼女らにとって、それはある種の拷問に近かった。なので、美味達(たち)はペース配分を考えながら、今ある燻製品を細々と（それでも一般人の倍の速度は出ているのだが）食べていく事を選択したのだ。

「さて、美味ねえ達が食べ尽くしてしまう前に、作ってしまいましょうか。……私の分、ちゃんと残しておいてくださいよ？　じゃないと、ホイル焼きはあげませんからね？」

「ひゃ、ひゃいっ！　わ、私、己の欲望と闘います！」

「りょ、了解した！　カンロの分には絶対に手を出さない！」

そこまでやれとは言われていないのに、直立してビシリと敬礼する美味&イータ。やはりこの二人、息が合っている。主に食欲的な意味で。

「まず、アルミホイル代わりのナババの葉を敷きます。焼いている最中に中身が出て来ないように、重ねて重ねて……人数が人数なので、これを沢山沢山……ガーリックオイルを少量垂らして広げていき、それらの上に適度な大きさに切ったプラチナサーモンの切り身を投入」

甘露がプラチナサーモンの前に立ち、取り出した包丁を振るう。プラチナサーモンは次々に切り身にされ、自ら飛び込むようにしてナババの葉へとダイブしていった。プラチナサーモンの輝きも相まって、かなり幻想的な光景に仕上がっている。

「お、おお、あの剣さばき、美味にも劣らないのではないか……!?」

「劣らないどころか、調理に使う包丁さばきで甘露ちゃんの右に出る人はいませんよ～」

「そもそも、剣さばきと包丁さばきは別物ですから……野菜やキノコなども入れていきますよ」

「え、キノコ!?　それって、この前私が発見した、虹キノ――」

　用意したナババの葉全ての上に切り身をダイブさせた甘露は、次に予め購入しておいた食材も投入していった。ヌメヌメエノキ、極彩玉ねぎ、美医茄子――どれもこれもが高級品である。

「違います」

「むう、残念……」

「ミミ、外界に疎い私の見立てですまないのだが……あれら食材、ひょっとしなくても希少なものばかりではないか？」

「おっと、よく分かりましたね！　調理するものにもよりますが、大体の場合はイータさんの言う通り、お高いものを買ってますよ～。私達、妥協はしませんから！　まあ、目利きをして食材を選んでいるのは、全部甘露ちゃんなのですが！」

「やはりか。しかも、あの量を……」

　当然のように、それら食材は尋常でない量が用意されていた。店の在庫を全て買い占めたかの如き量である。

「あー、私達って冒険者をやっているんですが、稼いだお金は殆ど食に関わる事にしか使わないので。それであれば、案外何とかなるものですよ！　ええ！」

「ほ、ほう、冒険者とは儲かるのだな？　ふーん……」

　もちろん、それは美味達がA級冒険者だから成り立つ訳で、普通の冒険者が同じ事をしようとすれば、破産待ったなしである。しかし、そんな事情を知らないイータは、外界の冒険者業に夢を見てしまった。夢を見るのは自由だし、成り上がれば不可能ではないのだが、かなり冒険者像を勘違いしている節がある。主に口元のヨダレがそれを証明していた。

「よし」

そうこうしているうちに、他の食材のカットも終わらせてしまう甘露。流石の早業である。ちなみに例の如く、食材達はカットされるや否や、用意されたナババの葉へと自ら飛び込んで行ったそうな。

「ここで取り出すは闇胡椒」

「こ、これは、ガーリックオイルと闇胡椒の黄金コンビ!?　よっ、待ってました！　私達チームが誇るエース〜〜〜！」

「エ、エース？　何だかよく分からないが、凄そうだな！　頑張れ、頑張って美味しくしてくれ、黄金コンビ！」

この二つの調味料の組み合わせは、美味のお気に入りとなっていた。累計何百回目のお気に入り、つまりはエース級なのである。永遠のスターなのである。

騒がしい声援を背に、甘露は闇胡椒をふりかけ、止めに暴れ鬼牛のミルクで錬金った自家製バターをポイッ。

「ぐはあっ！　バター、バターまで投入するの!?　甘露ちゃん、それは反則だよ！　乱闘騒ぎだよ！」

「バター、バターか。噂に聞いた事はあるが、チーズと違って口にするのは初めてだな。フフッ、果たしてこの私を満足させる事ができるかな？」

美味が頭を抱え悶え苦しみ、イータが不敵な笑みを浮かべる。バター投入の衝撃が強過ぎて、二人はキャラが壊れ始めて来たようだ。ただ、その間もしっかりと燻製を口に運んでいるのは変わらない。食いしん坊は自由であるようだ。

「ふう、後はしっかりナババの葉で包んで焼くだけですね。数が数だったので、少し手間でした」

「甘露ちゃん、もうひと踏ん張りだよ！」

「そうだ、我々の為にも頑張ってくれ！」

「――で、時間的には後どれくらい？」

「本当に仲が良いですね……まあ、目安は十分掛かるかどうか、といったところでしょうか。今回のはサイズが大き目なので、もう少し掛かるかもです。燻製でも食べながら、適度に調整していきますよ。気長に待ちましょう。……それで、私の分の燻製はちゃんと残していますよね？」

「と、当然だよ！　お姉ちゃん、そこまで意地汚くないよ！」

「わ、私だってそうだ。エルフの誇りにかけて、カンロの分まで食べたりなんてしない！」

　ホイル焼きを抜きにされる事を恐れた美味は、鋼の精神で燻製を残していた。もちろん、それはイータだってそうだ。甘露を怒らせないようにと、こっそり美味に注意された彼女は、ご飯抜きの恐怖を想像し、心から戦慄した。料理の担い手である甘露の言う事は絶対、これだけは絶対に守ろうと、そう心に決めたのだ。

「んんっ、やはり美味しいですね、このスモークチーズと燻製卵。自画自賛してしまいたいです」

「しちゃいなよ、自画自賛！　でもでも、口にする度に回復している感じがホントに堪(たま)らないよね～」

「そうだな、心なしか肌ツヤも若返っている気さえするよ」

「あはは、かもしれませんね～。でもイータさん、元から若いじゃないですか！　やだなぁもう！」

「フフッ、それもそうか」

「……ちなみになんですが、イータさんっておいくつなんです？　エルフの方はかなり長寿と伺っていますが」

「私か？　ええと、確か今は……180か190くらいだったかな？」

「!?」

　余談であるが、エルフを人間の年齢に換算すると、十分の一程度の年齢に当たるらしい。

つまるところ、人間の18、19歳に当たる訳だ。エルフが長寿だと知っていても、こうして驚いてしまうのは仕方のない事だった。

イータの年齢に驚いた甘露と美味は、燻製を食べる事で落ち着きを取り戻した。ほのかに香る世界樹の匂いが、回復と共に二人の心を癒してくれているのかもしれない。まあ、さっきまでの美味達のテンションの昂りっぷりを見るに、多分気のせいではあるのだが。

「ふへぇ、私が想像していた以上に、エルフの方って長寿だったんですね。驚き桃の木山椒の木です！」

「それだけ長い間生きて行けると、世界中の美味しいものを食べられそうですね」

「おお、確かに！」

「ハハッ、なるほどな。里の中で住んでいた時には、そういった考えには至らなかったよ。周りの者達は好き嫌いが多いし、私のように沢山食べられる者は殆どいなかったからな」

「そうなんですか？」

「ああ、私もエルフとして浮かないようにしなくてはと、表向きはそのように振る舞っていたくらいだ。口にできるものが少ないしで、なかなか苦労したものだよ」

「はへぇ、考えただけでも大変そうです。私なら即刻餓死しますね、絶対！」

そう力説する美味は、これ以上ないほどに自信満々であった。

「美味ねえの力説は納得です。が、それはイータさんも同じなのでは？　その食べっぷりを見るに、食べるのを我慢しての生活なんて、とてもできるとは思えないのですが」

「その通り、当然我慢していたのは表向きだけさ。エルフは偏食の傾向が強いが、別に狩りを禁止している訳ではないし、里の外に出るのも自由だ。こっそりと人気のない狩場に行き、自分で肉を調達したり魚を釣ったりして、何とか凌いでいたんだ。まあ、これでも族長の娘であったからな。毎日しっかり日帰りではあったが」

「ほう？　族長の娘、ですか」

突然のカミングアウトに、甘露の手が一秒ほど止まる。そして、一秒後に元に戻り、普通にチーズに手を伸ばし始める。モグモグもする。

「ん？　ああ、そういえば、まだ言っていなかったな。一応これでも、里のエルフを取り纏める族長、オクイの一人娘なんだ」

「わあ、それって社長令嬢みたいなものですよね!?　もしかしてもしかして、イータさんってエルフの中でも結構な地位にいます!?」

「いえ、社長令嬢とはまた違いますよ、美味ねえ……」

「え、そうなの？」

「フフッ。そのしゃ何とか？　とやらは知らないが、まあ里内での発言力は強い方だろうか。現に、それなりの立場にいる私が里を出て――」

「――むっ！　話の途中ですみませんが、そろそろ時間です。皆さん、ホイル焼きが食べ頃を迎えましたよ」

甘露が勢いよく待ったをかけ、皆の注目をホイル焼きへと向かわせた。確かにナババの葉の包みの中からは、ジュウジュウと良い音が鳴り、空腹を促進させる美味しそうな香りが放出されている。

「はい、これがイータさんの分のフォークと小皿！」

美味も甘露の合図に合わせて、ササッと食べる準備を整える。お喋りの時間はここまでだ、という事であるらしい。

「あ、ああ、ありがとう。凄いな、カンロは見ただけで食べ頃が分かるのか」

「私の鑑定眼（食）にかかれば、それくらい余裕ですよ。では皆さん、ここからはペースを元に戻して、本格的に食欲を解放しましょう。ホイル焼きは、熱々なうちに食べるものですからね」

「いっぱい作ったから、食べ甲斐があるよね！　私、一番食べちゃうよ～」

「なるほど、ここからは容赦はいらない、そういう事か。面白い、私の食欲に付いて来られるかな？」

「美味ねえもイータさんも、口だけでない事を祈りますよ。では――」

「「――いただきますッ！」」

フォークを片手に、一斉に葉の包みを開封する三人。するとその瞬間、中から眩い光が放たれた。

「こ、これはっ……！」

ナババの葉を開けると、そこには白金と黄金の輝きがあった。白金の光は、もちろんプラチナサーモンの身から発せられていたもので、調理後もその神々しさは健在だ。では、もう一方の黄金の光は？　というと……こちらはプラチナサーモンの身の上で溶けた、暴れ鬼牛のバターから発せられていた。もう完全に液体と化し、二つの光が絶妙に混じり合った状態となっていたのだ。それら美しき光は切り身だけでなく、一緒にナババの葉に入れていた野菜などにも伝播、包みの中の全てが輝くに至っている。

「「ゴクリ……！」」

そうであったとすれば、自然と生唾も飲み込んでしまうというもの。その見た目の美しさに心奪われ、次にこの料理はどんな味がするのだろうと、様々な想像が掻き立てられる。

「おや？　まだ食べてもいないのに、早くも感動されているようですね？　では、ここは私がお先して――パクリ」

「「ああっ！」」

そんな感じで美味とイータが固まっているのを横目に、甘露がさっさと自らのフォークを動かし、黄金の液体が滴る白金の切り身を、その可憐な口へと運んでしまう。先を越されたと、二人が後悔してももう遅い。既に人類の大事な第一歩は甘露の口へと消え、現在は咀嚼の真っ最中である。

「もぐもぐ……」

「ど、どう？　甘露ちゃん、美味しい？　美味しいよね？　思わず雄叫びを上げて、川に飛び込んでみたくなるくらいに美味しいんだよね？」

「い、一体どんな未体験ゾーンが広がっているんだ？　これだけ壮大な見た目なんだ、本当はそんな澄まし顔で食べられるものじゃないんだろう？　そうだろう？」

表情を一切変えずに食事する甘露の様子に、堪らず二人は感想を尋ねてしまう。

「……ふぅ」

甘露の返答は、たった一つの吐息だった。頬を染め、年齢に見合わない色気がその様に現れている――ような気がした。あくまでも二人のフィーリングであるが、そのように思えたのだ。素晴らしい素晴らしいと甘美な言葉をいくら並べられるよりも、この反応は美味達の探求心を刺激してくれた。

「「パクッ！」」

だからこそ、美味とイータはその直後にフォークを動かしていた。考えるまでもなく、肉体が自然と動いていたのだ。

「「〜〜〜ッ！！」」

そして口中に広がる至福の味。口に入れた途端にプラチナサーモンの身がほぐれ、その隙間を縫うようにして黄金のバターが絡み付く。バターには一緒に葉の中に入れた野菜達の旨味（うまみ）も溶け込んでおり、思わず溜息（ためいき）を漏らしてしまいそうな味わいに仕上がっていた。バターの川を悠々と泳ぐプラチナサーモンの姿が、脳内に浮かび上がって来る。その大らかな様子を見ていると、自分達まで自然体になってしまうようだ。

「「はふぅ……」」

気が付けば、二人はホッと吐息を漏らしていた。緊張感が解け、安堵（あんど）の海に溺れている。今はただただこの穏やかな時間を堪能したいと、体が言う事を聞いてくれないのだ。

「魚の身に宿った絶妙な塩加減に、バターが豊かな風味をブレンドしてくれるよぉ……闇（やみ）胡椒（こしょう）とガーリックオイルも、相変わらず黄金コンビだよぉ……」

「玉ねぎと茄子（なす）にも味が染み込んでいる……このヌメっとしたキノコの粘性も、一緒に食べる事でまた新たな食感の扉を開いてくれる……」

体は脱力し切っているが、グルメリポートをしなくてはという意地が備わっているのか、口は辛うじて動いている美味とイータ。しかし、その一方で――

「ん、この勝負、予め（あらかじ）どんな味か知っていた私が有利のようですね。パクモグ！」

――甘露が猛烈な勢いでホイル焼きを平らげていた。彼女の鑑定眼（食）は食材情報だけでなく、作り出した料理にどのような味が備わっているかも、事細かく知る事ができるのだ。備えあれば憂いなし、極上の味とその効果に対する気構えを持っていた彼女は、ホイル焼き戦線のトップを走るのであった。

ホイル焼き戦線、それはサーモンとバターが織り成す、過酷なる戦いの軌跡。添えられたヌメヌメエノキ、極彩玉ねぎ、美医茄子(びいなす)も脇役どころでないインパクトを引き起こし、戦場は荒れに荒れた。だが、それでも兵士達は必死に駆け続ける。ホイル焼きを一つでも多く食べ、この戦線を制する為(ため)に。

……だがしかし、中盤に入ってから戦いは中断された。いや、中断されたというよりも、互いが矛を収め、仲良く食べようと訴え始めたのだ。ホイル焼きを食べる度に、三人の闘志は友愛へと変化し、次第に戦場の雰囲気も穏やかで緩いものへと移り変わって行った。序盤こそ先頭を走っていた甘露も、その辺りで平等と譲り合いの精神を発揮するようになる。

『私は先にこれだけ食べてしまったので、美味ねえとイータさんにはこちらを差し上げます』

と、マイフォークを置いて、先にご馳走様を済ましてしまう有様だ。これに対して美味達もどうぞどうぞと遠慮するばかりで、争う姿勢は微塵もなくなっていた。平和も平和、大平和である。結局、余ったホイル焼きは等分して食す事となり、最終的には見事完売。ホイル焼き戦線はホイル焼きピースへと役目を変え、皆に安寧のひと時を届けるのであった。何はともあれ彼女らはこの先、争いをする事なく、平和に日々を過ごす事になるだろう。

「ふぅ、何だかとっても幸せで穏やかな気分～……ラブ&ピースだよぉ……」

「ああ、争いとは何と愚かな事なのか……皆で同じものを同じだけ食べる、これこそが真の愛というものよ……」

「ですね。最初から最後まで、全て同意しま――っす!?……あれ、私は一体何を……？」

だが残念な事に、ここで甘露が正気に戻ってしまう。

「この記憶は……どうやら私の作ったホイル焼きが、思わぬ方向に話を進めてしまったようですね。我ながら恐ろしい料理センスといいますか、まさか私の覚悟を突破して来るとは、侮れません。美味ねえ、イータさん、こちら側に戻って来てください」

「あうっ！」

「あいたっ！」

状況を把握した直後、ビタンビタンと二人の頬をはたき始める甘露。何と言う事だろうか、彼女の中からラブ&ピースの精神は完全に消え去ってしまったようだ。

「はっ!? わ、私は誰!?」

「むっ!? 貴女は ミミ! だが私は誰!?」

「クフフッ……! な、何ですか、そのボケは？　ちゃんと正気に戻ってます？」

甘露、即興コントがツボにハマる。

「あ、ああ、大丈夫、私はイータだ。おかしいな、私としては至極真面目に答えたつもりだったのだが……」

「う、ううーん？　よく分からないけど、お腹が減って来た事は分かるよ！」

「うん、二人とも平常運転に戻ったみたいですね。安心しました」

まだ若干ボケた発言をしている感があるが、甘露は二人が正気に戻ったと判断したようだ。

「美味ねえのお腹が減っている事は確認しましたが、イータさんはどうです？　まだいけそうですか？」

空になったホイルを片付けながら、甘露がイータに尋ねる。

「私か？　いけるかどうかと問われれば、無論、まだまだいけるぞ」

「ですか、またまた安心しました。是非とも、こちらの料理も食べて頂きたかったので」

「ま、まさか、アレが遂に完成したの、甘露ちゃん⁉」

「ええ、アレが遂に完成したのですよ、美味ねえ」

「むむっ？」

「む？」

　意味深な会話をする黒鴉姉妹と、意味は分かっていないが興味津々な様子のイータ。すると甘露が燻製器の扉を開き、あるものを取り出した。

「それは……肉だなッ！」

　エルフらしからぬ超反応を見せるイータ。そう、彼女の言う通り、甘露が取り出したのは燻製された肉であったのだ。

「そうでーっす！　この前倒した地竜を、甘露ちゃんがスモークしてくれたんでーっす！」

「な、なるほど、肉を燻製……確かに、考えてみればそれもアリか……！」

「まあ、チーズや卵ほど簡単ではないんですけどね。色々と下準備も必要ですし」

「「下準備？」」

　美味とイータが揃って首を傾げる。

「イータさんは兎も角、美味ねえは直接見ていた筈ですが……肉を燻製する場合、それを直接燻製器に入れる訳にはいかないんですよ。前日のうちにソミュール液に漬けて寝かし、その後には塩抜きをして、水気を切って乾燥させる必要があります。まあ、予め調理が終わっているベーコンであれば話は別なんですけどね」

「ああ、甘露ちゃんが朝起きてから忙しそうにしていたのって、それが原因だったんだ！……本当に忙しかったんだね？」

「だから言ったじゃないですか、忙しいって！」

ブンブンと両腕を振る甘露が、珍しく歳相応の幼さを見せる。しかし、それはほんの一瞬の事、咳払い一つでいつもの冷静さを取り戻した彼女は、燻製したドラゴンミートを皆の前に置くのであった。

「わあ、とっても美味しそう！　もう食べて良い？　食べても良いよね？」

「うむ、うむ！　私にも聞こえるぞ！　早く食べてほしいと訴える、この肉の声が！」

「食欲に溺れるのも幻聴を聞くのも自由ですが、ここで私は待ったをかけます」

「「ええッ!?」」

裏返った声が重なる奇跡。

「この肉を一番美味しく頂くには、ここから更に乾燥させる必要があるのです。所謂、熟成というものですね。私の特製クーラーボックスの中に入れて、待ちに待つのです。そうする事で余計なエグみと酸味が飛ぶのです」

「え、えっと、甘露ちゃん？　美味しくなるのは大歓迎だけど……それって、どれくらいの時間を待つの……？」

「そ、そうだな、そこが問題だな、うむ」

ぷるぷると涙目で震えながら、恐る恐る質問する美味。戦闘をしていた時の勇猛さは、今の彼女からは微塵も感じられない状態だ。イータは立ち振る舞いこそ変わらないが、声が凄（すさ）まじく震えていた。それはもう、泣き出す寸前の震えになっていた。

「そうですね……二、三日くらいでしょうか？」

「「絶対無理ぃぃぃ――――！」」

二人は泣いた。泣きながら、年下の少女に懇願した。早く食べさせてくれ、と。最早（もはや）プライドを投げ捨てている。大暴投である。

「ちょ、ちょっと、そんな力一杯に私の服を引っ張らないでくださいよ。分かってます、分かってますから。美味ねえが仕留めた極上のドラゴンミートから作ったんです。多少の工程を抜いても、美味しさは保証されているでしょう。まあ、味見程度になら食べても問題ありません」

「甘露ぢゃーん！」

「うわああ、カンロぉー！」

「ああっ、涙と鼻水がついた！」

駄々をこねた時以上の力で、甘露を抱き締める美味＆イータ。ちなみにであるが、黒鵜姉妹における味見とは、平均的な成人男性の三食分に当たるのだが……まあ、些細（ささい）な違いなのだろう。

「フフッ、一日の間にメインディッシュを二種類も食べられるなんて、幸せだなぁ。お姉ちゃん、大満足待ったなし！」

「フッ、私の舌を満足させられるかな？　見定めてやろう、この高みからッ！」

「どの口で言いやがりますか。喜怒哀楽が忙し過ぎて、テンションがいつも以上にバグってますよ、まったくもう」

そう文句を口にしつつ、味見用の燻製ドラゴンミートを二人の前に盛っていく甘露。肉は薄くスライスされており、色は茶色がかったものとなっている。

「はへぇ、見た目はビーフジャーキーっぽいんだね？」

「そのままビーフジャーキーの調理法ですからね。言ってしまえばこれは……そう、ドラゴンジャーキーです」

「「ド、ドラゴンジャーキー……！　は、はは～！」」

高々と掲げられたドラゴンジャーキーの前に、二人は平伏するのであった。

二人が存分に平伏した後、出来立てのドラゴンジャーキーを味見する事に。仲良くテー

ブルを囲む美味達の表情は明るい。非常に明るい。ピッカピカである。

「ジャーキー、ドラゴンジャーキー……じゅるりら！」

「肉は良いぞ、とても良い。私は肉の為に生きていると言っても、決して過言ではない」

「イータさん、そこはエルフ的に過言にしておいた方が良いのでは……？」

「何、これからドラゴンジャーキーを試食する事に比べれば、私の精神的基盤など些細なものさ。というか、早く食べよう。私の唾液と胃液が凄い事になっているからな」

「あっ、私も私もっ！　お姉ちゃんも凄い事になってるよ！」

「はいはい、些細で凄いですね」

　ついさっき食したホイル焼きは既に消化済みなのか、食欲が止まるところを知らない美味達。もちろん、それはツッコミを入れる甘露も同様であった。

「では、本日二度目のラブ＆ピースを実行しましょうか」

「私は準備オッケーだよ！　いつでも平和の為に出撃できるよ！」

「私なんてドラゴンジャーキーの両手持ちだ。勇者だけが持つとされるスキル、『二刀流』の真似っこでいかせてもらう」

　様々な形でドラゴンジャーキーを構える各々。そして、その時はやって来た。

　――パクリ。

視線を交わし、ほぼ同時にドラゴンジャーキーを頬張る三人。丁度良いサイズに噛みちぎり、目を瞑(つぶ)り舌に全神経を集中させながら、モグモグと咀嚼(そしゃく)する。

「……うみゃい！　モグばモグほど味がモグ発して、まるモグ旨味(うまみ)モグをモグモグモグモグッ！」

「美味ねえ、口をモグモグさせながら喋(しゃべ)らないでください。全然意味が分かりませんから」

「し、しかしカンロ、この肉は本当にうみゃいぞ……！　干し肉のように外側は乾燥して水気がないかと思えば、ひと噛みして驚き！　内部はしっとりしているどころか、ジューシーそのものの質感に仕上がっている！　噛めば噛むほどに肉汁が溢(あふ)れ出て、どこで噛み終えれば良いのか分からないほどだ！　これ単体で食べられるくらいに旨味もたっぷり！　止まるところを知らない肉汁の快進撃と相まって、気を抜けば私の意識が旨味に取り込まれてしまいそうになる！　シンプルだがシンプルではないこの味わい、私は他で体験した事がないぞッ！　つまるところ、私ももっとモグモグしたいモグモグモグッ！」

「……味の解説、ありがとうございます」

美味の代わりに解説してくれたイータも、今ではすっかりドラゴンジャーキーの虜(とりこ)となっていた。熟成工程を飛ばした試食品であるが、二人を夢中にさせるには十分な出来であったようだ。

（ふむ、確かにこれは美味しいですね。納得の出来です。……ですが、もうひと手間かけ

られそうでもあります）

　ドラゴンジャーキーの欠片を銜え、モグモグしながら不意に立ち上がる甘露。

「モグモグんろひゃん？」

「急にモグ上がってモグした？」

　まな板や包丁、鍋などの調理道具を取り出し始める甘露に、モグモグしながらも美味達が気付く。

「このドラゴンジャーキー、このままでも素晴らしい出来ですが、私的にはまだまだ素材の域を出ません。なので、これから軽く調理してみようかなと」

「「……」」

　甘露の言葉を耳にした途端、モグモグが止まる美味＆イータ。そして次の瞬間、彼女達の目が見開かれる。

「そ、それはこのジャーキーが更に美味しくなるって意味ですか、甘露パイセン！」

「誰がパイセンですか」

「だだだだ、だがだが、調理するとはこれつまり、更にランクをアップさせるという意味なんだろう、カンロ大帝！」

「誰が大帝ですか」

　このまま問答を続けていても、美味達の興奮が収まる事はないだろう。それを察してか、甘露はそれ以上質問に答える事なく、さっさと調理に入ってしまう。

「ホイル焼きでも使った極彩玉ねぎを薄切りに、ジャーキーも食べやすいように包丁で刻みます。私達の場合、粗くが良いですかね」

「「モグモグ」」

恐らくは、「ほうほう」と頷（うなず）いている二人。口も一緒に動いているのはご愛敬（あいきょう）だろうか。

「鍋に暴れ鬼牛のバターを入れて熱し、伸ばします。そこへ先ほど切った極彩玉ねぎを加え、炒（いた）めて――ここでドラゴンジャーキー、水と魔海の塩を投入。煮立ったら蓋をします」

「「ゴクリ！」」

恐らくは、ドラゴンジャーキーの新たな姿に期待して生唾を飲み込んだであろう二人。ついでに口に入れていたジャーキーも飲み込んだが、やはりこれもご愛敬なのである。

「ある程度煮たら蓋を取り、器に盛りつけて」

「もう食べて良いの!?」

「もう食べて良いのか!?」

「何でそこだけしっかり言葉になっているんですか……まだです。最後に闇胡椒（やみこしょう）をふりかけます。パラパラパラっと――はい、これで簡単ドラゴンジャーキースープの完成です」

コトリと、二人の前に置かれる出来立てのスープ。ジャーキーは熟成を必要とするが、こちらのスープは間違いなく今が食べ頃の飲み頃だ。黄金色のスープの中に、ゴロっとしたジャーキーと、トロトロになった極彩玉ねぎが浮かんでいるのを見て、二人はもう堪らん状態を一点突破。しかし、料理を司る甘露の許可は絶対なので、待ての状態で辛うじて堪えていた。歯を食いしばりながら堪えていた。早く「良し！」の号令を出さないと、このままでは二人の歯が砕けてしまうかもしれない。

「そ、そこまで我慢しなくても、もう食べて良いですよ。私も食べますから」

「「いただきゃす！」」

スプーンを手に、マイペースにスープを口に運ぶ甘露。一方で、大急ぎで口にする腹ペコ魔人達。双方の食べ方が正反対であるが、その後の反応は――

「「……うまぁ」」

――仲良く一緒だった。

「ドラゴンジャーキーの塩気や肉汁が、スープ全体に広がってうまぁな感じだよぉ……飲めば飲むほど体全体に栄養が行き渡る、何から何までもが潤う……」

「ジャーキーもそうだが、一緒に煮込んだ玉ねぎも実に良い仕事をしている……肉も大事だが、人生には野菜も必須……そんな基本を思い出させてくれる、優しい味わいだ……」

「頭に思い描くは一見穏やかな海、しかしその中は、うまぁがひしめき合う可能性の宝庫だった……今日も私の鑑定眼（食）の導きは正しかった訳ですね……」

燻製チーズに卵、プラチナサーモンのホイル焼きに、ドラゴンジャーキー、そして締めのスープが胃に注ぎ込まれ、美味達は幸福感で満たされた。傍を流れる川の音、その辺の小鳥のさえずりさえも、自分達の明るい未来を祝福しているかのように聞こえてしまう。

「……あ、もう夕暮れだ」

いつの間にか仰向けに寝転がっていた美味が、空を見上げながらそう呟いた。気が付けば地平線に太陽が沈みかけ、辺りも暗くなり始めている。

「本当ですね。……今日はもう寝てしまいますか？　イータさんが王都に急いでいますし、明日の早朝に出発するという事で」

「賛成～。お姉ちゃん、今日はこの幸せな気持ちのまま、もう寝ちゃいた～い」

「ならば、私が火の番を――」

「――いえ、私がやりますので。ゲストにそんな事なんて、させられませんよ。いつも美味ねえと交代でやっている事ですし。片付けもついでに私がやっておきますから、もう休んで問題ないですよ」

「だが……いや、ならば今日は甘えさせてもらおうか。正直、この状態でまともに火の番ができるかどうか、微妙そうだ」

腹を満たして体が満足したのか、ここでイータが欠伸を一つ。美味と同じく、かなりの眠気に襲われているようである。

「ではイータさん、私と一緒に寝袋のあるテントへって、何で川の方に行くんです!?」

「むっ？　え、あ、いや……寝床と言えば水の中じゃないのか？　間近で大自然なラバイが聞き放題だぞ？」

「「……」」

そういえば、このエルフは変なエルフだった。今更ながらにその事を思い出した黒鴉(くろう)姉妹は顔を見合わせ、次いで大笑い。幸せな時間の締めは、いつの時も笑顔である。

話を聞けば、イータも村などで宿を取る時は、普通にベッドで寝る事もあるらしい。奇行に走るのは、どうやら野宿をする時だけのようだ。ただ今は大自然を満喫する為(ため)にも、そのラインは譲れないようで。
「野宿の時は川の中で寝たり、抱き心地の良い大樹にしがみ付いて寝たりしていたな。土に穴を掘って埋まって寝るのも、虫の気分になれて乙なものだ。どうだ、ミミも大自然を体験してみないか？」
「う、うーん、どれも初心者向けの大自然じゃないと言いますか……あっ、でもでも、テントにある寝袋にも、大自然味は感じられると思いますよ？　寝袋には『ヒートウッズ』

で手に入れた、適度にポカポカする草が詰め込んであって、ほのかにお日様の匂いがするんです」

「たまにはテントで寝るのも悪くないかな、うむ！」

美味はイータを説得し、テントにまで連れて行く事に成功。今夜はびしょ濡れにならないで済みそうだ。

「さあ、どうぞ～。狭い場所ですが、中はとっても快適ですよ」

「ああ、ありがとう」

テントの天井部に吊り下げていたランプに明かりを灯し、イータを迎え入れる美味。

イータにとっては一度目覚めた場所であったが、ゆっくりと内部を見回すのは、今回が初めての事だ。意外にもテントの中はスッキリとした、と言うよりも何もない空間で、それこそ寝袋くらいしかものが見当たらない。

「なるほど、基本的にものはカンロが持ち歩いている、あのポーチにしまっているのか」

「ですね。無駄に出しておいても、帰りに片付けるのが面倒なので。明日はテントをパパっとしまって、直ぐに出発できるようにしますね～」

「そうか……あー、ミミ？　体調でも悪いのか？　それとも、ただ単に眠いだけなんだろうか？　さっきまでと、その……何だかテンションが違うような、そんな気がするのだが」

「へ、そうですか？　別に体調は悪くないですね。当然、眠くはありますけどね～」

「なるほど、眠いだけか。それなら安心だな」

食欲が満たされ、現在清楚（せいそ）モードの美味（みみ）である。台詞（せりふ）に勢いがないのはその為だ。

「ところで、少しおかしな事を聞くが……このテント、もしやモンスターだったりするか？」

「おおっ、よく分かりましたね。実はそうだったりするんです」

そう言うと、美味はおもむろにテントの隅の方へと移動して行く。

「こう、内側からテントをくすぐってやるとですね――」

「――ウニャニャ！」

美味がテントをくすぐった直後、どこからか猫のような鳴き声が聞こえて来た。

「外側からは殆（ほとん）ど反応せず、普段は声も全然出さないんですが、内側からだとこの通り、極度のくすぐったがりでして。寝相の悪い人が中で寝ると、寝返りの拍子にこの子が笑ったりするんですよ～」

「やはりか。目覚めた時にも少し違和感を覚えていたんだが、これで納得したよ。ああ、私は寝相が良いから安心してくれ。川の中でも木に抱き着いても、全く微動だにしないからな！」

「ニャニャ……」

それはそれで人として不安であると、そんな気持ちの籠った鳴き声が聞こえた気がした。

「しかし、このテントは一体何のモンスターなんだ？　そもそも、どうやって使役を？　里で目にした事はないが、外の世界にはモンスターを使役する『調教師』や、かなり珍しいとされる『召喚士』がいると聞くが……」

「あ、いえ、私は剣士で甘露ちゃんは錬金術師なので、職業は関係ないですね。どちらかと言えば、種族のスキルが関係してます」

「種族のスキル？」

「まだ言ってませんでしたけど、甘露ちゃんって吸血鬼なんですよ。食べる事で貯えた血をモンスターに分け与える事で、使い魔として使役できるようになるんです」

「ほう、吸血鬼……そのような種族もいるのだな。我々エルフのような亜人族なのだろうか？　そして、そのような能力も備えていると。ふむ、勉強になる」

「あはは～」

吸血鬼カミングアウトにも全く動じず、逆に感心しきりなイータ。一方で、やはりこの世界で吸血鬼はメジャーではないんだなと、改めてそう思う美味。何はともあれ、トラブルにならないのは良い事だ。

「ちなみに、この子の種族はミミックの亜種だったりします。宝箱じゃなくて、テントに擬態するタイプのミミックですね。名前はサーカスです！」

「……それは果たしてミミックなんだろうか？」

「亜種族なんで、そういうものなのでは？　私達としては食べられるか、そうでないかの方が重要でした」

「それはそうだな。至極当然だ」

「ニャッ!?」

イータのまさかの同意に悲痛な叫びが上がったような、そうでもないような。

美味曰く、サーカスは甘露の鑑定眼（食）の判定で、可食部なしと判断されて生き永らえたのだという。見た目がこんな感じであった為、甘露の能力試験も兼ねて、試しに眷属にしてみたという流れであるらしい。結果、眷属化は成功。その後にステータスを確認したところ、姿や気配を消す『隠密』スキル、自らの肉体を小さくする『縮小』スキル、格下の他モンスターを遠ざける『猫睨』という固有スキルをサーカスが持っている事が分かり、正式にキャンプ道具&ペットという立ち位置でメンバーインが決定したのだ。

「……猫じゃないのか？」

「ミミックです」

「だが、固有スキルの名前が――」

「――スキルはスキル、種族は種族です」

「そ、そうか……」

「まあ、見た目通りよく分からないモンスターですけど、人を中で寝かせる事を生き甲斐にしているようでして、今のところ仲良くやっていけてますね。中で寝るとサーカスのお腹も満たされるみたいで、餌を与える必要もありません」

「ふーむ、聞けば聞くほどに変なモンスターだな」

「ニャニャッ」

お前にだけは言われたくねぇよ。絶対に気のせいだが、どこからかそんなメッセージが飛んで来た気がした。

「さて、サーカスの紹介も終わった事ですし、そろそろ就寝しましょう。イータさん、こちらの寝袋をお使いください」

「これか。見た感じ、大自然味は感じないが――って、お、おおっ!? こ、これはなかなか……!」

「フフッ、ポカポカのヌクヌクでしょう？」

そんなこんなで寝袋に入り、その暖かさを堪能する二人。目を瞑れば、直ぐにでも意識を手放してしまいそうだ。

「うむ、新たな自然の形を発見してしまった。これもカンロが作ったのか？」

「いえ、甘露ちゃんは食に関係するものじゃないと、錬金術を使う事ができないんですよ。なのでなので、素材を王都にまで持ち帰って、お店で加工してもらったんです。食材を買い込む以外で私達がお金を使った、数少ない場面でしたね～」

「ほう、王都にはそのような店もあるのか。興味深いな」

「よろしければ、着いたら王都の案内をしましょうか？　他では見られない珍しいものが多いので、観光のし甲斐がありますよ～？」

「良いのか？　そう言ってくれるのなら、ミミ達と一緒に観光したいものだ。何よりも王都と言えば、食の都でもある。きっと私の知らない料理や食材が山ほどあるだろう。フ、フフフッ」

まだ見ぬ王都を夢見て、笑いが止まらない様子のイータ。しかし、王都に行く元々の目的であった使命的なものが、どこかに忘れ去られているような……恐らくは気のせいだろう。きっと、たぶん。

「食べ物関連ならお任せください。訳あって出禁になってしまったお店も少なくないですが、節度を守れば大丈夫な筈なので」

「それはますます楽しみだ。楽しみ過ぎて、今夜はなかなか眠れそうにないかもしれん」

「あっ、その感覚、私にも分かります。王都の料理もまた美味しいですからね、ワクワクして寝付けないかも」

「フッ、お互い繊細なものだな。困ったものだ」

「ですです、困ったものです」

「……」

数秒後、二人は仲良く熟睡していた。

翌日の早朝、三人は帰還準備に取り掛かった。とはいえ、前日に話していた通りやる事は少なく、甘露がサーカスを収納し、美味とイータはそれをただ眺めているだけである。

「サーカス、そろそろ行きますよ。いつものように小さくなってください」

「ニャニャッ！」

甘露の指示に従い、『縮小』スキルを使ってその身（テント）を小さくするサーカス。あっという間に豆粒サイズになったサーカスは、そのまま甘露の髪の中へと紛れ込んで行った。

「収納って、そうやるのか……てっきり他の道具と同じく、そのポーチにしまうものかと思っていたぞ」

「一応、サーカスも生物ですからね。命あるものはポーチの『保管』には入りませんので、移動中は髪（ここ）にいてもらっています」

「ああ、なるほど。そういえばサーカスはモンスターであったな」

「甘露ちゃんの髪の中ばっかりで、お姉ちゃんの方には来てくれないんだよねぇ。過ごしている時間は一緒の筈なのに、なぜ!? どうして!? ホワーイ!?」

「いや、サーカスは私の眷属ですからね？ それに美味ねえ、戦闘中は滅茶苦茶な動きをしますし」

「えー、そうかなー？ そうでもないと思うけどなー！ おかしいなー！」

そう叫びながら、なぜだと激しく頭を抱える美味。まだ朝食をとっていないのもあってか、美味のテンションは朝から高めである。

(良かった、今日の美味は調子が良さそうだな)

と、そんな美味の様子にホッとするイータ。微妙に勘違いしているが、まあ誤差の範囲内だろう。

「兎も角、これで出発準備は完了です」

「よし、それでは早速王都へ――」

「――王都へ向かう前に、パゲティ村に寄らせてください」

「あらっ？」

まさかの横槍に、体勢を崩して転びそうになるイータ。実に古典的な反応であった。

「パ、パゲティ村に戻るのか？」

「はい、道中で消費するであろう食材の購入をしないとですし、朝食も食べないとですし、村の知人達に挨拶もしたいので」

「あとあと、王都に向かう移動手段も確保しないとだね～。三人で行くのなら、馬車がマストかな？　歩いて向かうより、ずっと到着が早いよ！　まあ、本当の最速ドッキュンで行くのなら、甘露ちゃんとイータさんを私が運んで走るのが一番だけど……流石に二人を抱えて走るのは、私が辛い！　お腹の減り具合が当社比二倍になっちゃうよ！　せめて片方だけなら通常運行だけど！」

「美味ねえ、そのたとえはよく分からないです」

「うえーん、よく分かってよー！」

つまるところ、食費が二倍になってしまうらしい。

「馬車か……それだと、少しのんびりし過ぎかもしれん。我らの道の先に、夢と希望が詰まった食の都が待っているのだ。もっと急いで行こう」

「もっと、ですか？　しかし、この辺りで馬車以上の乗り物はありませんが……」

「いや、馬車などに頼る必要はないさ。ミミはカンロだけであれば、抱えて走れるのだろう？　ならば、その後を追って私も走ろう」

若干決め顔になりながら、そんな提案をするイータ。

「……ええと、イータさん自身が走るのですか？」

「そうだ。何、これでも足の速さには自信があるんだ。多分いけるだろう」

「わお、自信が凄い！　良かった～、それなら無事問題解決ですね！　共に夢に向かって走りましょう！　食の都へ！」

「うむ！　食の都へ！　いざ、食の都へ！」

「いやいや、ちょっと待ってください。イータさん、予め言っておきますけど、美味ねえの足は速いなんてものじゃないですよ？　私をおぶって移動するにしても、余裕で馬よりも速いですからね？」

「具体的には敏捷値が600オーバーです、えへん！」

「おお、それは確かに私よりも速いな。だが、それなりに追い駆ける事はできると思うぞ？」

「えっ？」

イータが宙を指で示し、何かを操作するような動作を執る。どうやら、メニュー画面を操作しているようだ。

「……よし、二人共、私のステータス画面を見てくれ」

「ストップ、ストップです！　イータさん、ステータスの情報は大事なものですから、そんな風に気軽に他人に見せてはいけませんよ！」

「む、そうなのか？　だが、そうだとしても問題はあるまい。ミミとカンロは私の空腹を満たしてくれた、言わば命の恩人だ。ああ、外の世界で初めてできた、大切な友人でもあるな。だから、もう他人なんかではないよ」

「あらまっ、大胆宣言！」

「え、ええっと……」

言い淀む事なく、スラスラとそんな台詞を口にするイータ。視線を逸らす事なくそこまで言われてしまっては、流石の甘露もそれ以上言い返す事ができないようだ。加えて想定外の言葉を受けてなのか、甘露の頬は赤く染まっていた。

「私について知ってもらう為には、やはりこれが一番手っ取り早いと思うんだ。二人には私の全てを見てほしい──む？　カンロ、どうした？　何やら顔が赤いようだが？」

「あー、甘露ちゃんが恥ずかしがってる！　私の妹は可愛いなぁ、もう！」

「ちょ、ちょっと！　美味ねえ、頬ずりなんかしないでください！　気のせい、気のせいですから！」

「ハッハッハ！　二人は本当に仲が良いのだな。一人っ子の身として、凄く羨ましいよ」

「イータさんも笑っていないで、美味ねえを止めるのを手伝ってください！　ぐっ、無駄に力が強い……！」

「無駄じゃないよー！　家族愛の証だよー！」

それから美味の引き剝がしに成功した後、イータの熱意に押され、甘露達は同意の下でステータスを確認する事となった。

「さあ、私のステータスを目に焼き付けてくれ！」

「無駄に熱意が凄い……」

「無駄ではない！　これは友情の証——」

「——もうその流れは沢山ですから！　ステータス、拝見しますよ！」

「どれどれ～？」

イータ　183歳　女　エルフ　青魔導士
レベル：75
称号：大自然主義者
HP：674／674
MP：1137／1137
筋力：417　耐久：344　敏捷：489　魔力：865（＋1160）　幸運：473
スキル：弓術（B級）
　　　　青魔法（A級）
　　　　大食い（S級）
　　　　鉄の胃（A級）
　　　　消化（A級）

味覚（A級）
隠密（C級）
強魔（B級）
補助効果：大自然の加護

「――ッ!?　こ、これは……！」

「わっ、驚き桃の木山椒の木！」

イータのステータスを目にした甘露達。その際の反応は、正しく驚きであった。

この世界における一般人のレベルは、精々が10～20程度のものだ。冒険者や兵士を生業とし、モンスターと戦う事となる戦闘職になったとしても、生涯にいける到達点は30、高くとも40が限界とされている。イータのレベル75はそれらの倍の値に近く、本来国の英雄として称えられるべきものなのだ。比較対象がA級冒険者だったとしても、もちろん遜色ないレベルである。

「どうだ？　この敏捷値でならば、馬車よりも早くに王都へ辿り着けるだろう？」

「……確かに、これほどの数値であれば、馬よりも遥かに速いですが……いえ、本当に驚きました。冒険者であれば、私達と同じA級と言っても過言ではないでしょう。スキルレベルも総じて高いですね」

美味と甘露は特殊な事情でスキルを習得する事ができないのだが、イータのスキル欄にあるように、本来は等級が表示される。固有スキル以外の通常スキルは最低ランクのF級、そして最高ランクのS級までに分けられ、これらをレベルアップ時に獲得するスキルポイントを使って習得していく訳だ。当然ではあるが、同じスキルでも等級の高いS級の方が強力であり、F級とは比べ物にならない力を発揮する。

しかしながら、S級の習得には多大なスキルポイントが必要であり、仮に一つのスキルのみにポイントを集約したとしても、一般人にはとても手の届く代物ではない。というのも、獲得するスキルポイント数には個人差があるのだ。才ある者は一度のレベルアップで、常人の何倍ものスキルポイントを得る事ができる。S級スキルとは、そういった者達がレベルアップを重ねていく事で漸く手にする事ができる、スキルとしての憧れの象徴なのである。

イータはそんなS級スキルを持ち、更には複数の他スキルを高いランクにまで上げていた。レベルだけでなくスキルの面でも、イータは間違いなく世界トップクラスの実力者だったのである。

（けど、このスキル構成は何と言いますか、ううーん……）

イータの実力を認めるも、彼女のスキル構成に若干の片寄りを感じてしまう甘露。しかし、何がとは指摘しない。先天的なものとはいえ、正直自分達も人の事をとやかく言えるスキル構成ではなかったので、それを口にする事ができなかったのだ。

「そうなのか？　A級の冒険者と言われても、正直よく分からないのだが……」

強さを冒険者にたとえられたイータであったが、いまいちその意味を理解していない様子。首を傾げに傾げ、現在斜め45度。

「分かりやすく言えば、どんな大国に仕えても大変に厚遇される実力って事ですよ。あれだけの飲み食いを毎日しても、全く食いっぱぐれません。間違いなく将来安泰です」

「そ、そんなになのか！　ううむ、里の中でしか比較する相手がいなかったから、実感があまりないな。だが確かに、里の中での腕っぷしは私が一番であったし、水の中で寝るのも私だけだった……道理で他の皆と違った筈だ、うむ！」

「いえ、水の中で寝るのは全く関係ないですからね？」

と、甘露に当然のツッコミを入れられるイータ。自らが部分的に異端であると、イータも一応の認識をし、多少なりとも気にしていたようだ。森の奥深くで生きるエルフも、流石に寝床はベッドが普通なのである。

「甘露ちゃん甘露ちゃん」

そんなやり取りの最中、美味がちょいちょいと甘露の肩を叩いて来た。何やら内緒話のお誘いらしい。

「美味ねえ？　どうしたんです？」

「えっとね、ステータスを見せてくれた事だし、私達もイータさんにステータスを見せた方が良いんじゃないかと思って。ほら、イータさんとはもうマブダチってやつだし？　同じ釜の飯を食べた戦友だし？　そうしないと、イーブンじゃないと思うんだよね。目指せ、イーブントースター！」

「何ですか、そのオーブントースターの親戚みたいな造語は……ですがまあ、イータさんが相手なら、私も反対はしませんよ。イータさん、表裏がある方には見えませんし」

「ッ！　それじゃあ！」

「ええ、信頼の置ける仲間なら、情報共有は大切ですから。……という事で、イータさん」

内緒話を終え、甘露がちょいちょいとイータの肩を叩く。姉妹の内緒話を察したイータは、空気を読んで両手で耳を塞いでいる状態であった。

「むっ、もう話は終わったのか？　いよいよ出発か？」

「いえ、その前にですね、私達もお見せしたいものがあるんです」

その後、三人はステータス情報を共有する事となる。ちなみに二人のステータスを見せた瞬間、イータは目が点になったそうな。また、今回のキャンプで食した新食材はプラチナサーモンだけであった為、レベルは一つしか上がっていなかったそうな。

パゲティの村に戻った三人は、大急ぎで出発準備に取り掛かった。そう、到着してからの即出発準備である。

「「はぐはぐはぐっ！」」

「な、なあ、あそこのテーブルにいるの、ミミさん達だよな？」

「う、うん、相変わらず凄い食事量だよね。テーブルにお皿の山ができてるよ……」

「あの、僕の見間違いでしょうか？　大食いしている方が一人増えているような、そんな気がするのですが……」

まずは酒場で朝食をとり。

「この棚の食材、あるだけ全部ください！」

「ぜ、全部ですか!?」

「美味（みみ）ねえ、買い占めは駄目ですよ。すみません、訂正します。お店にある商品、全種類を半分ずつください」

「ええええっ!?」

　道中で使う食材を買い溜め。

「シーユーアゲイン！」

「良いハイキング場所を教えてくださり、ありがとうございました。まあ、結果として
キャンピングになった訳ですが」

「達者でな！」

　知人達との挨拶を済ますのであった。スピーディが過ぎる展開に、見送る側のエッジ達は翻弄されっ放しである。しかし、一番の混乱の元となったのは、やはり――

（（あの人、誰？））

　――朝から美味達と行動を共にしていた、イータの存在であった。当然であるが、エッジ達とは初対面も初対面である。

「シーユーレイター！」

「達者でな――ッ！」

　だというのにイータは美味と同じく、見送りに来ていたエッジ達に対し、そんな別れの叫びを上げながら、元気に手を振っていた。一応知った体で手を振り、お元気でと言い返してやるも、やはり彼女が誰なのか、エッジ達に思い当たる節はない。何度も言うが当然

だ、エッジ達とイータは完全に初対面なのだから。

「……美人だけど、誰だったんだろうな？」

「美人でしたけど、信じられないほどに大食いでしたね。まさか、ミミさんやカンロさんに匹敵する女傑が存在していたとは……」

「美人だけど、謎の美女だったね。Ａ級冒険者ともなると、ハイキング先で仲間を見つけるのが普通なのかな？」

　とまあ、そんな調子で美味達の姿が見えなくなるまで見送るエッジ達であったが、結局、彼らは最後の最後までイータの謎を解く事はできなかったようだ。

◇　◇　◇

　パゲティの村を出発した美味達は、まだ走らずに徒歩で進んでいた。手には昨日調理したドラゴンジャーキーが握られており、三人揃ってロをモグモグさせながらの食べ歩き行進となっている。

「モグモグ……ふい～、食べた食べた～。注文の途中で酒場の食材がなくなっちゃって、まだ腹五分目程度だけど！」

　一足先にドラゴンジャーキーを食べ終えた美味が、お腹をさすり微妙に食べ足りなそうにしながら、そんな事を口にする。

「イータさんがパーティに加わった事で、一度に必要な食事量が単純に増えましたからね。いつものノリで注文してしまうと、規模の小さなお店では対応し切れないようです。今後はその点に注意しながら注文しませんと。モグモグ」

「うむ、勉強になるな。モグモグ」

「……ねえねえ、甘露ちゃん、イータさん」

「駄目です。これは私の分です」

「ああ、これは私の分だな」

「わーん、お姉ちゃんに意地悪しないでー！」

美味の懇願をスルーする二人。朝食が食べ足りなかったのは、どうやら美味だけではなかったようだ。

「取り敢えず、不足分はこのドラゴンジャーキーで補いましょう。美味ねえが腹五分目なので、昼食はそれだけ早くとる形で」

「「異議なし！」」

甘露とイータもジャーキーを食べ終え、いよいよ本当の出発モードとなる三人。美味が甘露を背負い、イータも準備体操をするように、軽くその場で跳躍をし始める。

「早めの昼食は、お姉ちゃんのお腹がアウトブレイクしたらで良いかな？」

「英単語の意味は滅茶苦茶ですが、言いたい事は何となく察しました。それで問題ないですよ。私を背負う事でスピードがトントンになっていると思いますので、力を抑える事なく、普通に走って大丈夫です。あ、でも道中ですれ違う方々に迷惑はかけないように」

「了解だよ～。お姉ちゃん、昼食目指して頑張る！　イータさんも、一緒に頑張りましょう！」

「ああ、私も力の限りミミの後を追う事としよう。スタミナについては心配しないでくれ。私の走る先にご飯があると思えば、苦しみもまた快感になるというものだ！」

「それはそれで、変な世界に目覚めないか心配ではありますが……まあ、良いです。そろそろ予定の時間になりますし、スタートする事としましょう」

　ザッ！　と、スタンディングスタートの体勢となる美味とイータ。目的地はこの国、グラノラ王国の王都――夢と希望が詰まった、食のパラダイスである。

「いざっ！」

「王都へっ！」

　二人のグルメ魔人が風となり、目にも留まらぬ速さで道を走り抜けていく。この調子であれば、明日にでも王都へ辿り着けそうだ。

　……が、しかし。

「か、甘露ちゃ～ん……　お姉ちゃん、お腹が、アウトブレイク……」

「わ、私も、消耗が激しくて、胃が空っぽで……」

「ちょっと、いくら何でも早過ぎますよ……」

その一時間後、美味とイータがまさかのエネルギー切れならぬ、腹ペコを起こしてしまう。結果、ちょっと早めの昼食は、凄(すご)く早い昼食へとクラスチェンジするのであった。

第三章　森々グリーンカレー

「た、辿り着いた……私達(たち)は、辿り着いた……！」

「夢、希望、パラダイス……！」

　パゲティ村を出発した翌日の昼下がり、美味達はグラノラ王国の王都へと到着した。ここまでの長い道のりを踏破した美味とイータの足は、疲労により酷(ひど)く震え、限界を迎えている――訳ではなく、やはりと言うべきか、震えの原因は腹ペコであった。長距離移動によるスタミナの消耗や体の疲労等々は、まあ僅か過ぎてないようなものである。屈強。

「予定よりも食事回数が多くなったせいで、想定よりも二時間ほど到着が遅れましたね。美味ねえ、イータさん、腹持ちをもう少し何とかしてくれませんか？」

「か、甘露ちゃん……それは、無理を、仰(おっしゃ)るって、もんだよ……！」

「は、反省会は、後でいくらでも……今は兎(と)に角(かく)、胃に何か、入れたい……！」

　グーグーと既に腹の音が凄い事になっている美味＆イータは、どこでも良いからまずは食事処(どころ)に入ろうと、必死の形相であった。それもその筈、備蓄していたドラゴンジャーキーは、移動中の間食により、昨日のうちに底を突いた。買い溜(だ)めしていた食材の山も、予定回数以上の食事がたたって、疾うの昔に消失してしまっていた。……要は手持ちの食材が空なのである。空っぽの胃に鞭打って、美味達はここまで頑張って来たのだ。

王都は平原の真ん中に建てられた、グラノラ王国内最大の都市であり、王城を中心に据えてその周りに城下町が広がり、更にその周りを堅牢な城壁で囲んだつくりとなっている。城壁を出入りできる門は東西南北に一ヵ所ずつ、現在美味達はその西門に辿り着いた形だ。

「……まあ、お腹が空くだけ頑張ったと解釈しておきましょう。さっ、空腹を満たしに行きますよ」

「甘露ちゃん、優しい……！　ありがたや、ありがたや……！」

「おお、カンロがいつも以上に天使に見えるぞ……！　もしや、カンロは大自然の化身だった……!?」

「ちょ、ちょっと、二人して私を拝まないでくださいよ！　悪目立ちするじゃないですか！」

ここはまだ王都の玄関口ではあるが、それでもグラノラ王国内で最も人が集まる都市なのだ。人の目は結構ある。容姿だけ見れば絶世の美少女&美女な三人が集まれば、ただそこにいるだけで注目を集めてしまうというもの。更にそこから変な行動を取り始めたとしよう。注目の度合いが跳ね上がるのは、言うまでもない事であった。

「カ、カンロちゃん、何をやっているんだい？」

騒ぎを聞きつけて、門の警備に当たっていた王国兵士が数名やって来る。王都でも黒鴉姉妹は新鋭の美少女冒険者として、そして食欲魔人として有名であった為、どうやら兵士達は二人の存在を知っている風だ。

「ああ、いえ、どうかお構いなく。腹を満たせば全て解決します。食は万能なので」

「そ、そうなのかい？　まあ、確かに見た感じ、いつものお腹を空かせたミミちゃ――えぇと、隣の美人さんは？　あれ、もしかしてその耳、エルフ？　珍しいねぇ。というか、大丈夫？　エルフの娘も、今にも倒れそうな感じだけど」

「ああ、カンロは大自然の化身なのだ……」

「はい？」

「お気になさらず。美味ねえと同じで、こちらも腹を満たせば解決しますので。やはり食は万能です」

「は、はぁ、なるほど……？　まあ取り敢えず、早く飯を食わせてやりなよ。理由がどうであれ、王都の玄関口で揉め事は良くないからね」

「お心遣い、痛み入ります。あ、これ身分証代わりのギルド証です、どうぞ。ほら、美味ねえも」

「あう～、なぜにギルド証は食べる事ができないのか～……メニュー画面はパチパチと体を張っているというのに～」

「意味の分からない事を言ってないで、ほら、早く」

「ふぁい……」

形式的な身分証明をする為に、兵士にギルド証を見せる甘露と美味。A級への昇格が決定してはいるが、王都の冒険者ギルドでの更新が済んでいないので、まだB級冒険者のギルド証である。

「はい、カンロちゃんにミミちゃん、確認させてもらったよ。じゃ、次にそっちの美人さん」

「……えっと？」

「……」

「イータさん、呼ばれていますよ」

「えっ、私か……？　いや、そんな、美人だなんて――」

「――そんなベタなコント、嫌いではないですが、美味ねえが空腹で死にそうなので、今は先を急ぎましょう。何か身分証になるものはありませんか？」

「み、身分証、か……？　外の世界では、そのようなものが必要なのか……しかし、困ったな……空腹な私に、自らの身分を証明する……そのようなもの、生憎と持ち合わせては……むっ、そういえば……あった、これだ……」

そう言って、イータが懐から何やら手紙らしきものを取り出した。水中睡眠で地図は台

無しにしたのに、こちらの手紙は不思議と無傷である。

「イータさん、それは？」

「里の族長である、父上の一筆だ……取り敢えず、これを見せれば……身分証明と状況説明になると、そんな事を言っていた、気がする……凄く大事なもの、とも聞いていたから……これだけは、水を弾く魔法を施して……水濡れを、防いでいたんだ……うう、お腹、減った……」

「そんな便利な魔法があったのなら、地図にも一緒に施していれば……いえ、それはもう今更ですね。それで、どうです？　イータさんの身分証明になりそうですか？」

イータより手渡された手紙の中身を確認する兵士に、甘露が何気なく聞いてみる。すると兵士は段々と体を震わせ始め、そして――

「いやいやいや、のんびり食事をしている場合じゃないよ！　カンロちゃん、その方を連れて、急いで冒険者ギルドに向かって！」

――血相を変え、大声で叫んだ。

「はい？　イータさんを連れて、ギルドにですか？」

「そう、大至急！　城やブルジョンギルド長の方には、こちらから連絡しておくから！　そこで倒れてるミミちゃんも忘れずに連れて行くんだよ！　あ、いや、私達も護衛として一緒に行くべきか。カンロちゃん、やっぱり少し待ってて！　大急ぎで応援を寄越してもらうから！」

「は、はぁ……？」

先ほどまでの和やかな雰囲気から一転して、兵士達の様子は非常に慌ただしいものになっていた。周囲からの注目度合いも、現在最高値を記録している。

（冒険者ギルドだけでなく、国の中枢を司る城にまで連絡するとは、ただ事ではないですね。兵士の皆さんが護衛するという、さっきの接待染みた言葉も気になります）

空腹で地に伏した姉を尻目に、甘露は状況の考察をする。

「イータさん、最初にお会いした時、使命の為に王都へ行くと言っていましたが……王都で一体何をされるつもりだったんです？」

「……」

「……？　イータさん、どうしまし——あっ」

甘露がイータの方を見ると、そこには姉と同じく、空腹で力尽きたイータの姿があった。そう、彼女は既に限界であったのだ。最後の力を振り絞って手紙を取り出した彼女には、最早指の一本も動かす力は残っていなかった。

「……あっ、あんなところに串焼き屋さんが」

「串焼きぃ!?　それは王都名物、ヘラクレス焼きの事を言っているのかな、甘露ちゃん!?」

「それは肉か、肉なのか、肉なのだな!?」

「よし」

……訂正、どうやらギルドまで歩いて行ける程度の力は残っていたようだ。

◇　◇　◇

冒険者ギルドグラノラ王都本部、国内で最大規模の拠点だけあって、その建物はサイズから風格に至るまで、全てが規格外となっている。ここを拠点に活動する冒険者達の等級やレベルのアベレージは軒並み高く、舞い込んで来る依頼も低ランクだろうと難度の高いものが多い。但し、基本的に構造は同様である為、ギルド内部に酒場が併設されているなど、システム面での大きな違いはない。他のギルドから王都に上京して来たとしても、その点で戸惑う事はないだろう。尤(もっと)もギルドに屯(たむろ)していた先輩冒険者が、気弱そうな新人をいびるなんて行為が発生して、それなりに問題となるものだが……これもまた、冒険者におけるあるある話の一つ、一種の風物詩的なものとして処理される場合が多い。

「へっへっへ！　坊や、来る場所を間違えたんじゃないかい？　ここは冒険者ギルド、それも天下の王都本部だぜ？　子供は大人しく、お家(うち)でミルクでも飲んでいるんだな」

「そ、そこをどけよ。アンタには関係ないだろ。俺はただ、冒険者になりに来ただけだ！」

「関係ない？　いーや、関係あるねぇ！　Ｆ級冒険者になるだけなら、登録金を払えばそれで済む。尻の青い坊やも、確かに冒険者になる事はできるだろう」

「な、ならっ――」

「――だーが！　Ｆ級とはいえ、王都を拠点とする冒険者となるんだぜぇ？　どこの誰とも知れねぇ半人前未満が同じ職業だと、こっちも恥ずかしくなるんだよ。だからよ、Ｃ級冒険者であるこの優しい優しいボルボル様が、登録前に教えてやっているんだ。どうせ恥晒しになるんだから、その前に帰っちまえってよ！」

「ぎゃははは！　ボルボル、あんま子供を虐めてやるなっての！　見てるこっちが泣けて来ちまうぜ！　笑い過ぎてな！」

「く、くそっ……！」

現に今も、そのようなやり取りが行われていた。まだ幼さを残す容姿をした少年の前に、大柄なＣ級冒険者、ボルボルが立ち塞がる。少年はそれでも尚、邪魔をしようとするボルボルを睨みつけるが、力ずくで勝てない事は明白であった。それだけの実力差があったのだ。だがしかし、だからと言って、少年はここで引く訳にもいかなかった。貧乏な家族を支える為、病気の妹の薬代を稼ぐ為――まあ、理由としてはそんなところが妥当だろうか。どちらにせよ、己の欲を満たす為の短絡的な目付きでない事は確かだと、彼と対峙するボルボルはそう判断する。

実のところ、ボルボルによる新人いびりは、少年に対する単なる嫌がらせではなかった。前述の通り、王都の冒険者ギルドは難度の高い依頼が集まりやすく、それに応じて報酬金も高く設定されている。しかしそれは、欲に目が眩んで己の実力以上の依頼を受けてしまい、命を落とす事にも繋がっていく。特にその傾向にあるのは、勢いに任せた行動の多い若手の冒険者だ。F級からスムーズに昇格して調子づき、無謀な行動による不覚を取り帰らぬ人へ——なんて事も、別に珍しい事ではない。いくら王都の人口に比例して、所属する冒険者が多い王都ギルドといえども、そのような事態は歓迎されるものではないだろう。だからこそ、このボルボルのような熟練の冒険者が悪役を買って出て、これから冒険者になろうとする若者達の内面を見定めるのが、冒険者ギルドでの暗黙の儀式、見慣れた者達からすれば、風物詩となっているのである。

「へっ、半人前未満の癖に、目だけは良いもんを持ってんじゃねぇかよ。まっ、良いだろ。今日のボルボル様はご機嫌なんだ。そんなに恥を掻きてぇんなら、これから言う事を弁えて——」

「——失礼する！　緊急の用件故、道を譲ってほしい。すまないが、そこを通してくれ！」

「えっ!?」

「お、おおうっ!?」

そんな冒険者としての通過儀礼が佳境を迎えようとしていた、ちょうどその時の事である。突然、ギルドに複数の王国兵士達が入って来た。彼らは何やら焦った様子で、受付カウンターまでの道を塞いでいた少年とボルボルに、強制的に道を空けさせる。

現在、グラノラ王国と冒険者ギルドは良好な関係が続いており、今のように兵士達が急にギルドに押しかけて来るなんて事は、普通であればまず起こらない事だ。起こるとすれば、それは非常時――王都本部の代表であるギルド長、ブルジョンとの緊急の連絡を必要としている時だ。真っ先にギルドの受付へと進んだ兵士の一人は、非礼を詫びつつも、やはりギルド長との面会を願っているようだった。

「い、一体何があったんだ？」

「お、俺が知りてぇよ……だが、こいつはただ事じゃねぇぜ。ほら、あそこを見てみろ」

ボルボルがある場所に視線を向ける。王国兵士達が列を成す中央、明らかに兵士の格好でない者達が、そこにはいた。異様な雰囲気を纏う少女達だ。一人は少年とそう変わらない年齢、一人は少し年上だろうか。最後の一人なんて、自分よりもひと回り以上幼い。彼女らは非常に整った、いや、そんな言葉では収まらないほどに美しく、可愛らしい容姿をしていた。思わず、少年は息を呑んでしまう。

「ク、クロウ姉妹だ……！」

「クロウシスターズ、王国の兵士を引き連れて、今度は一体何をやらかすつもりなんだ……!?」

「見ろよ、兵士達のあの焦り様を。まるで凶悪なモンスターに睨まれているようだぜ」

「馬鹿、視線を合わせるな……！　見ただろ、あの飢えた目を。目が合ったら食われちまうぞ……！」

「というか、一人増えてないか？　三人姉妹になってないか!?」

しかし、自分以外の者達の反応は、全くの別物であった。気が付けば、周りの冒険者達が一様に驚きの声を上げていたのだ。恐怖しているとさえ受け取れる。

「な、なあ、クロウ姉妹って？」

堪らず少年は、近くにいたボルボルに聞いてしまう。

「……奴らが名乗っているファミリーネームだ」

「えっ、ファミリーネーム？　それって、王様とか領主様とか、家柄の良い人達にしか名乗る事が許されていないもんだろ？って事はあの人達、お偉いさんなのか？」

「勘違いするのも分かるが、それが違うんだよ。本来お前さんが言う通り、ファミリーネームは王侯貴族のみが持つもんだ。例外的に俺ら冒険者のトップ、S級冒険者も名乗る事を許されているが、そんなもん、マジで一握りしかいねぇ。そんな中でよ、あのミミとカンロはF級冒険者になったばかりの頃から、あろう事かファミリーネームを名乗っていやがったんだ。どうせ自分達はS級になるのだから、今から名乗っても問題ないだろって、そんな自信満々の顔でよ……」

のどの渇きを潤す為、ボルボルは酒を一気に飲み干した。それでも渇きは癒えないのか、彼の額からは汗が流れ続けている。冷たい、嫌な汗だ。

「……クロウ姉妹、クロウってのはつまり、爪って意味だ。奴らの爪は常に獲物の血を求めている。食欲を満たす為に依頼を受け歩く、獰猛な捕食者ってこった」

「ほ、捕食者って、そんな……い、いや、それよりも、そんな無茶苦茶が通るのか？　新人がそんな事をしたら、アンタみたいな先輩に目をつけられるのがオチだろ？」

「ハッ、無理だね！　俺は生半可な覚悟しかしてねぇ若造の見分けはつくが、とんでもねぇ狂気を宿した化け物の相手なんかできねぇんだよ。現にあいつらは、あっという間に俺のパーティを追い越して、B級冒険者にまで駆け上って行きやがった。俺がC級になるまで、命懸けの生活を何年やって来たか分かるか？　それをあいつらは、数ヶ月でやっちまったんだ。上に立つべくして生まれて来た、マジの化け物なんだよ」

　騒ぎの元凶が兵士達と共に、ギルド長室のある二階へと移動して行く。その様子を確認し終えると、ボルボルは少年に背を向け、元いた酒場の席へと戻って行った。

「最後に、これだけは忠告しておくぜ。冒険者になる覚悟があるのなら、つまらない正義感であんな化け物に喧嘩を売るような事は、絶対にしないこった。あいつらが、これから何をしようとな。お前さんにだって、家族の一人や二人はいるんだろ？　馬鹿をするのはお前さんの勝手だが、残される方の身にもなるんだな。じゃ、精々死なない程度に頑張れよ、ルーキー」

「あ、ああ……」

ボルボルの背を見送った後、少年はその場から暫く動く事ができなかった。

職員にギルド長室へと案内された美味達は、そこでブルジョンとの再会を果たした。そして――

「「はぐはぐはぐはぐっ！」」

――美味とイータはブルジョンが用意してくれた手料理を、それはもう凄い勢いで食していた。空腹を満たす為、死に際から這い上がる為、至福を味わう為、諸々に必死である。

「おおー、相変わらず凄い食べっぷりだなぁ。ここまで来ると爽快感があるよ」

「いや、ミミちゃんの勢いに張り合うイータ姫に驚く場面だろ、ここは……」

「待て待て、それよりも今は非常時だった筈なんだが……」

王国兵士達はその食事風景を眺め、様々な感想を抱いていた。先ほどの冒険者達とは違い、こちらの兵士達が美味達に恐怖を抱いている様子は一切ない。むしろ、親しみを感じているようだ。

「まぁまぁ、そう焦らないでよん。確かに事は急を要するけどぉ、肝心のミミちゃん達が餓死しても困るでしょん？　事情は把握したしぃ、今は御国の協議待ちタイムな訳ぇ。それにぃ……私の手料理の感想、前々からカンロちゃんに聞きたかったのん！　どうどう!?　美味しい？　ねえ、美味しいかしらん!?」

「「うわぁ……」」

美味達とは対照的に、甘露は静かに料理を味わっていた。そんな甘露に対し、ブルジョンは衝撃的なプレッシャーを放ちながら迫り、訊ねる。ブルジョンに悪気はないのだろうが、兵士達は甘露を不憫に思ってしまった。それくらいに圧が凄かったのだ。

「このお刺身、コリコリとした独自の食感がありますね。美味です」

「あら、お目が高いわねん。それは致死性河豚と言ってぇ、正しい毒抜きで調理しないと、口にした途端に即死しちゃう猛毒を持っているのん。長年試行錯誤して、漸く毒抜き方法を発見してねぇ。いやはや、苦労しちゃったわん！」

「おお、それは調理師免許ものですね。見たところ、かなりの集中力と時間を要する技術のようですし、私が野外で調理するには、かなり難しい部類です。ここで味わえた事に感謝しなくては」

「まっ、カンロちゃんにそう言ってもらえると、喜びが五臓六腑に染み渡るわぁ！　長年この体で試し続けた甲斐、あったわねん！　さあさあ、こっちの致死性河豚の唐揚げ、とっておきのアヤムブアクルアも試してみてぇ」

なぜかギルド長室に備え付けられた調理場、そこでブルジョンが用意した料理の山は、どういう訳か有毒性の食材を中心にしたものが多かった。その毒性故に可食部は希少であり、専門店でしか扱えないものばかりである。当然、これら食材は完璧な毒抜きで処理されているが、それが分かっていても、食べるのを躊躇(ちゅうちょ)してしまうのが普通——なのだが。

「む、これもまた珍しい料理、実に興味深いです」

「「はぐはぐはぐはぐっ！」」

「「「……」」」

ブルジョンの言った猛毒という言葉にも動じず、甘露を含めた三人は食事を続けていた。美味しい、珍しい、栄養価が高い、空腹、ブルジョンお手製——それらの要素は毒の脅威を度外視するほどに、三人にとって魅力あるものだったのだ。

「ゴクリ……ぷはぁっ！　食べた、食べました〜。とても満足です。そして、とっても美味しかったです」

「これが、王都の料理……なるほど、どれも味わった事のない、珍しいものばかりであった」

「ご馳走様(ちそうさま)でした。心なしかレベルアップした気がします。後で確認しておきましょう」

食事開始から十数分、テーブルの上に築かれていた料理の山は、綺麗(きれい)さっぱり消え去っていた。行き先はもちろん、美味、甘露、イータの腹の中である。思わずその場で拍手をしてしまう兵士がいたほど、その食べっぷりは鮮やかなものだった。それでいて彼女らのお腹はあまり膨れていないのだから、物理的に摩訶不思議なものである。

「お粗末様ん。満足して頂けたようでぇ、私も嬉しいわん。ああ、もちろんお代は結構よん」

「え、良いんですか？」

「し、しかし、私が言うのも何だが、結構食べてしまったぞ？」

「良いの良いのぉ。食材とか殆ど自前で調達したものだしぃ、お料理するのも趣味みたいなものだからぁ」

「おお、何と言う太っ腹。感激です」

「……カンロ、君と同じ大自然の化身が、どうやらここにもいたようだ。拝んでおこう」

「それって褒めてます？　貶してます？」

空腹で死ぬ間際のところを彷徨っていた美味とイータであったが、どうやら完全に復活した様子だ。

「っと、ちょうど良いタイミングねぇ。たった今、グラノラ王ちゃんから連絡があったわん。ふんふ～ん？」

そう言って、胸元から通信機能を持つマジックアイテムを取り出すブルジョン。なぜ胸元に通信機が、なんてツッコミを視線で入れる兵士達一同。というか、国王と直で連絡？　なんて疑問も、同時に駆け抜けて行く。

「――なるほどなるほど、了解よん」

「ブ、ブルジョン殿、国王は何と？」

「待って、その前に～……ミミちゃん達は食事中だったしぃ、今一度話を整理するわねん」

「あ、お願いします。食事に夢中で、全然お話を聞けていませんでしたので」

「右に同じく！」

美味に続いて、イータが元気に返事をする。確かにそれくらい夢中であったが、当事者としてそれはどうなんだと、兵士達から無言のツッコミ。

「私は聞いていましたが……すみません、美味ねえ達の為にも、もう一度お願いします」

「フフッ、了解よん。エルフの族長さんからのお手紙にはね、要約すると、こう記されていたのぉ。……あらやだ！　エルフの里に、凶悪なモンスターが出現しちゃったわん！　なんか劣勢でやっぱぁいからぁ、討伐するの手伝ってぇ！　至急、援軍プリーズ！……うん、そんな感じよん」

恐らくではあるが、文面は絶対に違った。

「どうもねぇ、里に住むエルフだけじゃ、このモンスターに対処し切れないみた～い。エルフが国や冒険者ギルドに支援を要請するなんて、とってもとっても珍しい事よん」

「へえ、そうなんですか？」

　グラノラ王国は他国で迫害傾向にあるエルフを保護する名目で、自治区に近い形で里の存在を認めていた。ブルジョン曰く、里に住むエルフ達は殆ど外界と接触せず、閉鎖的な生活を長年続けて来ていたという。それを可能として来たのは、外の者と商いをせずともエルフ達の食を全て賄える、豊かな大地と森、そして突発的にモンスターが出現しても、自分達だけで対処できるほどに強い、エルフ達の戦闘力の高さにあった。

「人間と比べて、エルフは数がとっても少ないのよねぇ。あの里だと、年に何人かが生まれる程度の人手かしらん。まっ、寿命が長いから、それでも今までは問題なかったみたいだけどぉ」

「うーん？　少ない人数で里を護り切れるものなんですか？　自然に近い場所だと、それだけモンスターも多く出現するものですよね？」

「それが何とかなるものなのよぉ。さっきも言ったけど、エルフって一人一人がかなり強いのん。冒険者で言えば、そうねぇ……基本的にC級冒険者程度の力が、大人全員に備わっていると思って良いわん」

「おお、それは凄い。私のイメージと全然違いました。とっても戦闘集団ですね、エルフ族」

「ですが、そんなエルフの方々が苦戦を強いられるほどに、そのモンスターは強いと……
イータさんの言っていた使命とは、援軍要請の運び手として、国とギルドに取り次ぐ事
だったんですね」

「……？　いや、私の使命は食い倒れパラダイ――じゃなくて！　そう、あの手紙を届け
る事だったんだ！　族長の娘として責任を持って、迅速になッ！」

「「「……」」」

今の若干の間と言いかけた言葉は何だったのかと、兵士達は諸々を察しながらも心の中
でツッコミを入れておいた。

◇　◇　◇

若干怪しいイータの言動はさて置き、エルフの里が危機に瀕しているのは、紛れもない
事実だ。族長の要請を受け、グラノラ王国はエルフの里に援軍を送る事を決定した。ただ、
援軍を送るに際しての問題点もあった。

「援軍を送るのは良いけどぉ、里の立地が問題なのよねぇ」

「どういう意味です？」

「エルフの里は深い森に囲まれているのだけれどぉ、この森ってば、結構特殊なのよん」

「その通り。里を取り囲む森には、我々エルフが魔法で施した結界が存在する。エルフ以外の種族が森へ侵入しようとすると発動し、空間が歪んで森の逆側へと強制移動させてしまうんだ」

「『直帰の森』と言われる場所ねぇ。森に入ったと思ったら、もう反対側の出口に辿り着いちゃってるのよぉ」

「ちょ、直帰の森ですか？」

「迷いの森とか、物語にありがちな名前ではないんですね……一つ疑問なのですが、その結界があるのであれば、モンスターなども里に侵入できないのでは？　一応、モンスターもエルフ以外の種族ですよね？」

結界の話が本当であれば、人間は疎か、モンスターも森の中に入り込む事はできない筈だ。それは先ほどの凶悪モンスターの話と矛盾しているのではと、甘露は疑問に思ったようだ。

「こう言ってしまっては、エルフの沽券に関わるかもしれないが……その、結界も完璧ではないのだ。森全域に展開された大規模結界は確かに強力だが、穴がない訳ではない。所謂、抜け道というものが幾つかあるんだ。恐らく、あのモンスターはその抜け道を通って来たんだと思う」

イータ曰く、その抜け道も全くの無防備という訳ではなく、レベルの低いものであれば結界の効果は発動するらしい。問題なのはレベルの高いものが通った時で、その際は魔法の効果が薄まり、普通に結界を通り抜けてしまうとの事だ。

「援軍が森を通る際は、私がその抜け道を案内する。が、その抜け道を利用するからには、援軍にも一定以上のレベルが要求されるだろう」

「イータちゃん、具体的にはどれくらいのレベルが必要なのぉ？」

「そうだな……最低でもレベル50ほど、だろうか」

「レ、レベル50、ですかっ!? それはいくら何でも……！」

兵士達の間で驚きの声が広がっている。それもその筈、一般的にレベル50にまで到達できる者は、滅多に存在しないのだ。国家であれば最上級の戦闘力を持つ実力者、冒険者であればB級のトップ層で漸くレベル50に至れるかどうか、というところ。いくらグラノラ王国が大国とはいえ、国家であれば国防に回す人員も考慮しなくてはならない。要は、気軽に揃えられる戦力ではないのだ。

「ま、そう反応するのが普通よねん。だ〜か〜ら〜、今回の援軍派遣は少数精鋭、限られた人数でお助けに行くのよん。グラノラ王ちゃんも同じ考えに至ったみたい！ レベル的には王国の騎士団長ちゃんクラスが適任かしらぁ？」

「な、なるほど、少数精鋭ですか。騎士団長クラスなら、確かに……」

「ですが、騎士団長殿は国防の要所を護られている方が殆どの筈。王都におられるあの方も、そう簡単に王都を離れる訳にはいかないのでは？」

「うん、その通り！　よって、今回の件は私達冒険者ギルドが動く事になったわん！　自由で身軽ってのが、冒険者の売りだものねん！」

　ビシリとポージングを決めるブルジョン。膨れ上がる彼の筋肉は、美しいまでに仕上がっていた。

「ブルジョンさん、お言葉ですが、各地に散って王都を留守にしているのは、B級冒険者以上も基本同じですよ？　ギルドから援軍を向かわせるとしても、一体誰が行くんです？」

　絶賛ポージング中のブルジョンに対し、ふと美味がそんな疑問を投げ掛ける。

「ふふん、それ、わざわざ聞いちゃう？　ここにいるじゃな～い？　最速でA級に昇格しちゃう、活きの良いA級冒険者ちゃんが～」

「そ、それは一体……!?」

「美味ねえ、そんなボケは今必要ないですから……ブルジョンさん、私達がエルフの里へ向かえば良いんですね？」

「カンロちゃん、大正解！」

　次のポージングへと移行しつつ、ブルジョンが満足そうに甘露へと振り向いた。顔から放たれる圧が相変わらず凄い。

「この王都ギルドには十二人のB級冒険者、三人のA級冒険者、一人のS級冒険者が現役で活躍しているけどぉ、さっきミミちゃんが言った通り、貴女達以外の全員が出払っている状態なのよん。依頼の難度はA級相当だとしてぇ……あらやだんッ！　これってば、今の貴女達に打って付けの討伐じゃないの！　これまでイケイケドンドンだったクロウ姉妹、その真価が試されるって感じよん！……で、どうかしらん？　この依頼、受けてみる？受けないのなら、私が行っちゃっても良いけどぉ？」

その場でクルクルと踊り出しながら、二人に問うブルジョン。どうやら黙って立ってはいられない質であるらしい。

そしてブルジョンの問いに対し、美味と甘露は――

一方のイータは、どこか心配そうに二人を見ていた。

「二人とも……」

「良いですよ。依頼、お受けします。イータさんの故郷を救いに行きましょう」

「ですね、断る理由がありません。イータさん、帰る準備を急ぎますよ」

――即断即決、二人は当然のように依頼を受けるのであった。熱い友情の絆である。

（エルフの里、閉鎖された場所だからこそ、まだ見ぬ食材の宝庫となっている筈。交換条件でそれらを頂けないか、族長さんと交渉する事としましょう。イータさんにも、それとなく言ってもらうように仕向けて、と）

（このところお肉続きだったから、そろそろお姉ちゃん、美味しいお野菜も食べたかった

んだ～。それにそれに、甘露ちゃんにエルフ族のお料理を覚えてもらうチャンスかも～）

……熱い友情の絆である。

「おお、ミミとカンロが来てくれれば心強い！　何せ、私よりも強いのだからな！」

「あはは、イータさんだって、とっても強いじゃないですか～。Ａ級冒険者でもおかしくないくらいで――ん、あれ？　でも、そんなイータさんが応援を要請するって、そのモンスターってどれだけ強いんです？」

「強いぞ。私が戦闘に秀でたエルフ達を率いて戦いを仕掛けたんだが、それでも完敗するほどに強い。正直、里の者達だけでは勝てるビジョンが浮かばないくらいだ」

「ふえ～、戦闘集団であるエルフの皆さんでも、ですか。それは強敵ですね～」

「いや、別に戦闘集団ではないんだが……まあ、強敵なのは間違いない」

「なるほど、確かに討伐難度Ａ級以上は確実ですね。イータさん、そのモンスターについての詳細を教えて頂けますか？」

冒険者にとって、情報はとても大切なものだ。それ次第で冒険に必要な物資、討伐対象をどう倒すかが変わって来る。流石(さすが)は期待のＡ級冒険者、黒鴉(くろう)姉妹だなと周りの皆が頷(うなず)く。

「良いだろう。奴(やつ)は自らの巣から移動して回るタイプのモンスターではないらしく、幸い今のところ大きな被害は――」

「――あ、いえ、そういう事ではなく……そのモンスター、食べられそうですか？」

「料理の食材にするなら、どんな料理に合いそうです？　どんな付け合わせを準備すれば良さそうです？　安心してください。甘露ちゃんが絶対に美味しく調理してくれますから～」

「「「……」」」

だが、甘露と美味の質問の内容は少しばかり方向性が違っていたようだ。頷いていた周囲の首が、一瞬で凍り付いてしまった。

――とまあ、調理についての質問が最初に飛来したが、冒険者としての真っ当な質問も後でしっかりされていた。流石は（？）期待のA級冒険者である。

「ところでミミ、食後になると、やはり調子が悪くなるようだが……何か持病のようなものでも？」

「へっ？」

その後、甘露より美味の清楚モードについての説明を受けるイータ。漸く誤解が解け、イータは至極納得している様子であった。

◇　◇　◇

王都で準備を整えた美味達は、早速エルフの里へ向かって出発した。里の危機は今も続いている。ならば、逸早く出発するべきだという、そんなイータの想いがあったのだ。

「ああ、王都が遠のいていく……結局、ブルジョン殿の手料理しか味わえなかった……う

う、食の都、パラダイスがぁ……」

……そんな想いもあったのだ、きっと、恐らく――少なくとも、僅かほどには。

ちなみに現在、三人は里へ向かってダッシュの最中にある。案内役のイータが先導し、

甘露を背負った美味がその後を追う形だ。やはりと言うべきか、この方法が一番速い移動

手段であるようだ。

「イータさん、里を救ったら、また一緒に行きましょう！　私、その時こそ王都を案内し

ますから！　節度を守って案内しますから！」

「ミ、ミミ……！　うむ、うむッ……！　その時は私も節度を守れるよう、きっと努力し

よう……！」

その調子で入店して、果たしていくつの店で出入り禁止になるだろうか。と、一瞬だけ

そんな考えが甘露の頭を過る。が、そこまで深刻な問題でもないので、彼女の思考内容は

直ぐに別のものへと切り替わるのであった。

「うーん、モンスターの調理法、やはり現段階では何とも言えませんね。私が直に鑑定眼

（食）を使うしかなさそうです」

「すまない、カンロ。私の情報が微妙だったばかりに……」

「いえ、イータさんのせいじゃありませんよ。モンスターがそんな外見じゃ、調理法が分からないのも無理ないです。まあ、後のお楽しみって事にしておきましょうか。限られた食材で美味しい料理に仕上げるのも、調理の醍醐味ですしね」

依頼の討伐対象の話を聞いた甘露らであったが、未だモンスターについては分からない点も多かった。今のところ確認できている情報は、以下の通りである。

①モンスターは巨大な花、プロテアのような外見をしている。周囲の木々よりも図体が大きく、真下に降り注ぐ筈の太陽光を遮っている。光が周囲の森に行き渡らなくなっている為、この状態が長く続くと環境が変化する恐れあり。また、畑の付近を縄張りとしている点からも、長引くと里の食糧難に繋がるかもしれない。

②エルフ達が耕した畑の付近に出現し、そこを根城にしている。場所を移動する事はないが、一定の距離まで近付くと敵と認識し、攻撃を仕掛けて来る。確認された攻撃方法は土中からの触手、花から噴射される猛毒を含んだ花粉、付近の植物を狂暴化させる従属支配。

③水属性の魔法に滅法強く、効果がないどころか回復してしまう。一方で氷属性の魔法は効果があり、大技を当てれば怯む事も確認された。下手に近付けない為、物理耐性がどの程度あるのかは不明だが、エルフの伝統的な武器である弓矢では、殆どダメージを与えられなかった。

……とまあ、食に関わる情報は皆無だったのである。花に似たでっかいモンスター、超強い、厄介――流石の甘露も、これだけの情報で調理法を決める訳にはいかなかった。

「植物系統のモンスターであれば、期待できる食材は花蜜、果実、花弁、葉、根と多岐にわたります。毒性の有無によっても可食部が変わりますし、やはり実物を見るまでは絞れないと言いますか、野草一つ例に挙げても、天ぷら、お浸し、デザートに使用したりと、ぶつぶつ……」

「カ、カンロ、どうした？　おーい？」

「ふふっ、自分の世界に入ってしまったようですね。これだけ甘露ちゃんが集中しているとなると、次の料理、かなり期待できそうです！　甘露ちゃんドリーム、見れちゃうかも⁉」

「カ、カンロドリーム⁉　意味は分からないが、なんとワクワクする言葉だろうか！」

舞い込んで来た謎の朗報に、走りながら思わず破顔してしまうイータ。ここまで結構な距離を走って来たのもあって、お腹が良い感じに減って来ているようだ。美味も同じで、先ほどからテンション高めである。

「ところでですけど、イータさんってエルフの御姫様だったんですか？　兵士さんが姫と呼んでいたようですが？」

「ん？　ああ、姫だなんて、そんな立派なものではないよ。あくまで族長の娘として、立ち位置としての話だ。実際は皆と共に畑仕事に従事したり、食卓を囲んだりしていたさ。

まあ、そこでの食事量は抑えていたから、頗る腹持ちが悪かったのだが……」

どこか遠い目をしながら答えるイータ。

「うう、苦労されていたんですね……私も黒鶫なんで、その気持ち、分かります！……クロウだけに！」

「おお、ミミもそうなのか！　同じ悩みを持つ同志がいると、何とも心強いものだ！」

「ですねですね！」

黒鶫ジョークにより、なぜか二人の団結力が高まる。

「でもでも、どうしてイータさんが伝達役になったんです？　立場だけでも御姫様なら、普通はそんな役割が回って来る事はないと思うのですが。ほら、イータさんって里の中でも、他のエルフさんを率いるくらいに強いですし、防衛の面からしても里に残った方が理に適っているような、そんな気がするんです」

「尤もな意見だな。理由は色々とあるのだが……エルフ族は長い間、外の世界との関わりを断って来た。そんな方針であった我々が、急に援軍を要請するのだ。いくら族長からの親書があるとはいえ、それなりに立場ある者が向かわなければ相手方への失礼に当たると、父上はそう言っていたよ」

「なるほど、エルフ流の誠意を見せたかった訳ですね！」

「まあ、そういう事だ。結局、グラノラ王国の国王と相対する事はなかったがな。ああ、それと将来的に族長を引き継ぐ私に、外の世界で見聞を広めて来てほしいと、そんな事も言っていたか。お蔭でこの旅を通じて、私の常識が覆されたよ。うむ、凄く変わった。美味しかった」

「なるほど、食的な意味でですね！」

「ああ！」

「……」

調理法に考えを巡らせながら、二人の話を聞いていた甘露はこう思った。恐らくではあるが、イータの父親が望んだ見聞は違うものだ、と。

「あとは……ああ、そうそう。凶悪モンスターの出現で、前のように自由には森の中を出歩けなくなって、狩りにも行けなくなったんだ。一応、私も立場ある者だからな。この身を通じて、皆の手本となる姿勢を見せる必要があったんだ。しかし、通常の食事だけではどうにも量が足らない。所謂餓死の危機だ」

「なるほど、それは深刻な問題ですね！」

「その通り、私の中ではモンスターよりも、むしろこちらの問題の方が致命的だった。で、このままではいかんと、里で唯一私の腹事情を知る父上から許可をもらい、不足分は里の食糧庫からこっそり賄う事にしたんだが……なぜか父上の顔色が日に日に悪くなっていった」

「へ？　なぜです？　ホワイ？」

「まあ聞け。食糧庫の物資が半分ほどとなったある日、父上は私に今回の使命を託した。理由付けとしては些細なものだが、恐らく父上の想いの中には、娘の私に自由に食を楽しんでほしいという、そんな願いもあったんだと思う。前にも話したが、私以外のエルフは基本的に肉を食べないし、口にする食材の種類自体が少ない。食糧庫にある物資も、また然りな状態だった。父上の顔色が悪くなったのは、そんな食糧庫でしか腹を満たす事のできない私に対しての、申し訳なさの表れだったんだ」

「なるほど、素敵な親子愛ですね！」

「……」

食材に考えを巡らせながら、二人の話を聞いていた甘露はこう思った。恐らくではあるが、イータの父親が顔色を悪くした理由は別にある、と。

（なるほど。地位と戦闘力が高いと同時に、食費も馬鹿高いイータさんを賄うだけの余裕が、里にはもうなかった。しかもイータさんの大食いっぷりを隠して来た経緯もあって、これを表沙汰にする訳にもいかなかった。それで族長さんは今回の大任を、イータさんに担ってもらう事にしたんですね。どちらかと言えば、これがメインの理由でしょう）

甘露、人知れず納得。

「……美味ねえ、イータさん。お喋りも良いですが、そろそろ森が見えて来る頃ですよ」

「あっ、ホントだ！　すっごい生い茂ってる！　スーパーフォレスト！」

美味達はエルフの里、その外側に当たる森林——通称『直帰の森』に到着した。森を形成する木々は高く、王都の城壁ほどもありそうだ。中には御神木と称しても良さそうな立派な樹木も交じっており、そんな光景が森の奥深くに向かってどこまでもどこまでも続いている。

「二人とも、こっちだ」

普通であれば森を通り抜けてしまうエルフの結界、それを避ける為、イータは抜け道への案内を開始するのであった。

◇　◇　◇

直帰の森、その入り口に辿り着いた美味達はイータの案内の下、里への抜け道を進んで行った。時には巨大な木を登ってターザンをし、時には木の根元に形成された穴を這いつくばって通り抜け、またある時は森の中を流れる川に入って身を任せ——

「——ちょっと待ってください。今、川の中に浸かる意味ありました？」

「すまん、久し振りに森に入って、ちょっとテンションが上がってしまって……」

「あはは、水浴びだ～」

……時に抜け道とは全く関係のない行動をする事もあったが、全体としては順調に里へ近付くのであった。

「全くもう！……あ、こんなところに野生の香辛料が。イータさん、また少しだけ採取しても良いですか？」

「問題ないぞ。というよりも、本当に見ただけで判別できるのだな。エルフの私でも調理した事のない野草まで採取しているようだし……うむ、凄いものだ」

「凄いでしょ、えへん！」

「何で美味ねえが威張っているんですか……まあ、私の数少ないスキルですし、あるものは有効に使わせてもらっています。それにしても、この森は噂以上に食材の宝庫ですね。古今東西のあらゆる食材が集結している、とでも言いましょうか。できる事なら、視界に映るもの全てを持ち帰りたいくらいですよ」

「さ、流石にそれは、環境に配慮してもらいたいのだが……」

「甘露ちゃん、そうだよ～？　黒鴉の五戒、その五！　末永く食材提供、環境大事！　だよ～？」

「分かってます。ですが、この程度で枯れる大自然ではないでしょう。なぜならば、大自然は偉大なのですから」

「カンロ、大自然にも限界はあるからな!?」

「フフッ、楽しんでるなぁ。甘露ちゃんからしたら、スーパーの食材売り場はテーマパークみたいなものだもんね。すなわち、この森もそれと同義！　お姉ちゃんも嬉しいよ、後で美味しい思いができるし！」

里に向かう道中にも、甘露は野草などの採取をし、食材の補充を行っていた。黒鴉姉妹やイータの食べる量からすれば、その採取量はどれも僅かなものだが、それでも珍しいものも多いらしく、歩く足と同じくらいに採取の手が止まらない。いつもクールである筈の甘露の目も、心なしか歳相応に輝いているように見えた。

とまあ、そんなウォーク＆コレクションで進み、数十分が経過しただろうか。楽しみながらの前進であった為、疲れは全くない。時間の経過もそれほど感じていないだろう。だが、エルフの里には到着してしまう。

「二人とも、よくここまで来てくれた。この先がエルフの里だ」

「え？　もう着いてしまったのですか？　あちらの方向に興味を惹かれるスパイスがあります。少し遠回りをしましょう」

「いや、それは……」

「はいはーい、甘露ちゃん落ち着いて～？　興奮するその気持ちには、とってもシンパシーを覚えるけど、今は我慢しよう？　ね？」

珍しい事に、美味が姉らしく甘露を落ち着かせようとしていた。イータ、失礼ながらも目を疑う。

「その代わり里の中に行けば、エルフ族の料理を学ぶチャンスだよ！」

「む、なるほど、その通りですね。エルフの方々から料理を学び、その後で採取をする事で新たな閃き(ひらめ)きを得るという考え、大いにアリです。となれば、早く里へ向かいましょう。……料理を学びに！」

「いや、まずは依頼を受けてほしいのだが……」

目を疑ったのは正しかった。残念な事に、美味も甘露に負けないくらいにハイテンションだったのである。

◇　◇　◇

エルフの里に築かれる建造物は少々特殊だ。大木、或い(ある)は巨大キノコをそのまま外観にしたような家が、そこかしこに並んでいるのだ。まるでファンタジーの世界から、そのまま家を持って来たかのような光景だ。まあ、最初からファンタジーな世界ではあるのだが。

「あのキノコの家とか、中身はくり抜いて食べたのかな？　一食分にはなりそうかも！」

「何馬鹿な事を言っているんですか、美味ねえ。食べるにしても、もっとバランスを気に掛けてください」

「あ、そっか！」

そんな冗談（？）を言いながら、美味達は里の中へと歩き出そうとする。しかしその直前、何者かに呼び止められるのであった。

「イータ様ではありませんか！　皆、イータ様がご帰還されたぞ！」

里の警戒に当たっていたエルフ達である。美味と甘露をチラリと見ながらも、まずはイータの帰還を喜んでいるようだ。更にその声を聞きつけ、続々と里の住民達も集まり出す。子供から大人、更には世話役のメイドさんのようなエルフ達が、一斉にイータに声をかけ始める。

「イータ様、お帰りなさ～い」

「お土産は～？」

「イータ様、ご無事で!?」

「外で変なものは食べませんでしたか!?　拾い食いなんてしてないですよね!?　出発する前にあれだけ口をすっぱくして注意したんです！　してませんよね!?」

その中で、なぜかメイドさんの勢いが凄かった。

「あ、ああ、この通りどこにも怪我はないし、食事だって普通にしていたさ。拾い食いだってしていない、うん、してないと思う……そ、それよりも私が不在の間、里は大丈夫だったか!?」

露骨にメイドから視線を逸らし、話題を変えようとするイータ。イータが大食いである事は族長しか知らないと言っていた筈だが、どうもこのメイドさんは、その秘密を知っていそうな雰囲気である。

「ええ、食糧難は相変わらずですが、イータ様が出発して以降、怪我人は出ていません。皆、里の中に籠っていましたからね。それで、こちらの方々が？」

「ああ、双方とも私以上の実力を持つ、名うての冒険者だ」

「おおっ、イータ様よりもお強いのですか！　それは心強い！」

「そういう事だ。すまないが、早速族長にも連絡してくれ。外の世界の冒険者ギルドより、頼もしき援軍をお連れしたとな」

「ハッ、では私が！」

連絡役を引き受けたエルフの一人が、大急ぎで里の奥へと走り去って行った。

「ねえねえ、お姉ちゃん達は誰～？」

そうしている間にも、子供をはじめとした住民達の関心は、美味と甘露にも向けられる。折角なので、イータはこの場で二人を紹介する事にした。

「こちらはミミ殿、凄腕の剣士だ」

「美味です。甘露ちゃんのお姉ちゃんでもありま～す。よろよろ～」

「「よ、よろ……？」」

「「よろよろ〜」」

エルフの子供達が美味の真似をして、緩〜い挨拶を返す。何とも微笑ましい光景だが、一部のエルフ達は本当に大丈夫なのだろうかと、難しい表情を作っていた。年若い人間、そして美味が持つ独特の緩い雰囲気が、彼らを不安にさせているのかもしれない。だが、その点甘露はしっかりしている。見た目こそ一番幼いが、的確な言葉で皆を安心させてくれるだろう。イータはそんな風に期待していた。

「そしてこちらがカンロ殿、錬金術の先生でもある」

「妹の甘露です。エルフ族の料理を学びに来ました。調理場はどこですか？」

「「えっ？」」

「……はぇ？」

が、その期待は見事に裏切られる事となる。住民達に交じってイータの口からも、何とも間の抜けた声が出てしまっていた。

「……い、いや、違うんだ！　これは外の世界の冗談、そう、人間ジョークなんだ！　カンロ、そうだろう⁉」

「いえ、本気ですが？　冗談でもジョークでもありませんが？　で、調理場はどこです？」

「「ええっ⁉」」

「カンロぉぉ⁉」

何という事だろうか。折悪しく、甘露(かんろ)の気分は未(いま)だにテーマパークであったのだ。動揺はどんどん拡(ひろ)がって行き、ついでにイータの叫びも里中に轟(とどろ)いて行く。

「「よろよろ、イエイ！」」

「うん、完璧だよ！　これさえできれば、外の人とも仲良しさん！」

「「やった～」」

◇　◇　◇

里の住民達とのファーストコンタクトを良くも悪くも終えた美味達は、エルフの族長が住まう家へと向かった。族長の家と言っても、他の建造物と大きさは変わらず、外観もキノコ型でファンシー。何と言うか、可愛(かわい)らしささえ感じられる。

「族長がお待ちです。ささっ、どうぞ中へ」

「うむ、ご苦労」

「お邪魔しま～す！」

「「よろよろ～」」

　イータを先頭に、美味（みみ）、甘露、そしてずっと付いて来ていたエルフの子供達が続く。が、当然子供達は止められてしまい、ここで回れ右。仲良くなった美味と一時的にバイバイする事に。

「「お姉ちゃん達、またね～」」

「シーユー！」

「「しーゆー！」」

　それが挨拶なのか、人差し指と中指を立て、ビッと顔の前で指を振り合う美味達。後に里に住む子供達の間で、少し奇抜な言葉が流行（はや）る事となるのだが、それはまた別の話である。

「冒険者の方々、遠路遥々（はるばる）ようこそお越しくださいました。ワシはこの里の族長を務めております、オクイという者です」

　家の中で美味達を迎えてくれたのは、イータと同じ銀の髪を持つ美青年であった。キリっとした目、すーっと通った鼻筋など、どことなく顔立ちが似ている。加えて老人風の言葉遣いをする事から、見た目よりも随分とお歳を召している事が窺（うかが）えた。美味と甘露も自己紹介を済まし、依頼人であるオクイとの対面を果たす。

「えっと……オクイ族長はイータさんのお父さん、なんですよね？　むむっ、兄妹にしか見えません……！」

「ほっほっほ、これでもエルフですからな。我々は人間で言うところの成人した容姿から、肉体がそれ以上変化していかない特性があるのです。尤もそれは見た目だけで、千年も生きれば身体能力などは段々と落ちてしまうのですが。私も最近は腰が痛くて痛くて」

「はえ～、生命の不思議ですね～」

「いえ、千年も現役ができる時点で、それはそれで凄まじいですからね？」

甘露がツッコミを入れる。どうやらテーマパーク状態が落ち着き、いつもの冷静な甘露に戻ったようだ。ただ吸血鬼である彼女もまた、そもそも寿命という概念があるかどうかが怪しいところなのだが。

「イータもよくぞ戻ってくれた。外の世界はどうだった？」

「はい、美味しいご馳走が沢山でした！　お腹も満たされる時が多かったです！　拾い食いも、できるだけ我慢しました！」

敬語ではあるが、子供のようにはしゃぎながら外での体験を語るイータ。族長のオクイはその話を、喜ばしそうに頷きながら耳にしていた。時折首を傾げる場面もあったが、まあ大体は頷きながら耳にしていた。

「うむうむ――っと、申し訳ない。立ち話も何ですな。さあ、どうぞこちらへ。客人をもてなす機会があまりないので、リビングになりますが」

「あ、お構いなく～。粗茶で問題ないです！」

「茶菓子があると嬉しいです。沢山あると尚更嬉しいです」

「ほっほっほ、外の方々はイータに負けないくらいに愉快ですな」

否、欲望に素直なだけだ。

とまあ、そんな流れで椅子のある部屋へと案内される美味達。部屋の中は非常に質素で、必要最小限の家具があるだけ、装飾品の類は殆ど見当たらない。強いて言えば、花や野草で編んだリースが飾られているくらいだろうか。こちらは手作りのようである。

「本来であれば客人であるお二人を、まずはもてなしたいところなのですが……」

茶を淹れるオクイが、申し訳なさそうにそのような言葉を口にする。

「いえいえ、私達は依頼を受けに来た冒険者です。そのような気遣いは無用ですよ～。わっ、このお茶美味しい！　紅茶っぽい！」

「お口に合って良かったです。これは里でよく飲まれる茶でして、果物と合わせても美味しいんですよ」

「へ～！　あ、おかわり良いですか？」

「私もおかわりがほしいです」

出された茶を一息で飲み干してしまう美味と甘露。何だかイータが増えたようだと、オクイは笑って茶を追加するのであった。

「父上、そろそろ本題に入りましょう。私が里を出た後、あのモンスターの動きに変わりはありませんでしたか？」

「うむ、モンスター自体に変化はない。が、その周りが少しばかり厄介な事になってな」

「周りが厄介？　どういう事です？」

「……討伐対象であるモンスターが、我々の畑の近くに巣を作った事は、もうイータから聞いておりますかな？」

「はい、それで里の食料問題に繋がっているとか」

「ええ、そうなんです。畑が使えないので、モンスターの支配が及んでいない森に腕の立つ者を派遣し、野草や木の実の採取を行って食料を補っていたのですが……最近になって奴が支配する植物達が、そちらの森にも現れるようになりまして」

討伐対象に周囲の植物を狂暴化させる能力があるというのは、前もってイータからも聞いていた情報だ。植物を疑似的なモンスターに変異させ、巣の周囲を警護させるというものである。向こうから能動的に行動する事はなく、近付かない限りは危険もない——筈だったのだが。

「少し前から、それら従属植物に変化が起こりました。自らに足を生やし、より遠くへと移動するようになったのです。行動範囲は巣の周囲を越え、今やこの里の寸前のところにまで迫ろうとしています。我々エルフが勝てるレベルの敵ではありますが、今後更なる変化が起きないという保証もなく……」

「なるほど、となれば母体の早急な駆除が必須ですね」

「早速倒しちゃいます？　で、里の皆さんと一緒に祝勝レッツパーリィ！」

「美味ねえ、気持ちは分かりますが落ち着いて。まずは依頼報酬の交渉からですよ。オクイ族長、よろしいですか？」

「ええ、もちろん。親書にも記しておきましたが、外の世界の外貨は里にはあまりないもので、可能であれば物品での交渉をお願いしたいのですが」

「承知しています。と言いますか、私達はあまりお金を必要としていないので、その方がありがたいです。で、具体的な内容を提示するとですね――」

甘露とオクイが交渉を開始する。その間、美味とイータは邪魔をしてはならないと、静かに茶をしばいていた。美味い美味いとしばいていた。

「――では、討伐対象及び道中で倒したモンスターの素材は、全てこちらが回収。更に成功の暁には里の作物と森の恵みを、エルフの皆さんが許可できる範囲で一部頂戴します。但し、里が食糧難にあるこんな状況です。その裁量はそちらにお任せするという事で。更に更に、エルフ族の伝統料理を私に伝授する事……これらを報酬としたいと思いますが、よろしいですか？」

「我々はそれで構いません。しかし、本当にこれだけで良いのですかな？　金銭の類が全く盛り込まれていませんが……」

「先ほども申しましたが、その辺に頓着はしていませんので。まあ、本当に必要になったらギルドを通して、国にでも請求しますよ」

「……感謝致します」

聡明（そうめい）な冒険者を人選してくれた国と冒険者ギルドに、オクイは静かに感謝した。が、実際のところは、金銭を要求されるよりも高くつく可能性がある事に、まだ気づいていないだけである。裁量を一任するという文言がなければ、テーマパーク状態の甘露に蹂躙（じゅうりん）されていた可能性もあったのだ。まあその時は、お姉ちゃん状態の美味が止めていたかもだが。

「よーし、それじゃあお姉ちゃん、頑張っちゃうよー！」

「ああ、お待ちを。どうか里の代表として、イータも討伐に同行させてやってください。足手纏（あしでまと）いにはならないと思いますので」

「ズズッ……ん？」

茶をしばいていたイータ、ここ一番の大事なところを聞き逃す。

「わっ、それは心強いです！　イータさん、一発かましましょう！」

「何だかよく分からないが、分かった！　私も全力で善処するぞ！」

「……大丈夫でしょうか？」

かくして、正式にモンスターの討伐依頼を受ける事となった甘露達。その巣へと向かう足取りは軽く、お腹も良い感じに減り始めていた。

◇　◇　◇

エルフの里を出発した美味達は、討伐対象が巣を作ったとされる畑へと向かった。畑は魔力を豊富に含んだ場所にあるらしく、里からは少し距離がある。それでも美味達の足であれば、何もトラブルが発生しなければ直ぐに辿り着ける程度の場所だ。……そう、何もトラブルがなければ。

「むむっ！　進行方向から何かの気配を察知！　複数のしょくざ——複数の敵っぽいよ！」

「今、食材と言いかけなかったか？」

「オクイ族長が言っていた従属植物でしょうね。美味ねえ、カットの仕方——倒し方は任せます」

「なあ、カットの仕方とか言わなかったか？」

前方から向かって来る気配に対し、前衛に立つ美味が剣を抜いた。そろそろ敵が視界に入りそうだなと、美味が前を見据えていると……なんと森の奥から、疾走する巨大な野菜集団が現れるではないか。ジャガイモにニンジン、玉ねぎ等々、通常の十倍以上の大きさはありそうな様々な野菜に足が生え、こちらへと全力疾走して来ている。

「お、お野菜だ！　甘露ちゃん、イータさん！　足を生やしたおっきな野菜だよ！　食べ甲斐が満載だよ!?」

流石の美味もこの事態は予測していなかったのか、困惑気味に、いや、興奮気味に背後の二人に叫ぶ。もちろん、甘露とイータもその光景はしっかりと目にしていた。

「あれは、あれら野菜は我々エルフ族が育てていたものだ！　クソ、モンスターめ！　周囲の植物では飽き足らず、畑で育てていた作物にも支配能力を使ったのか！　何て卑劣なんだ、エルフ印の野菜は凄く美味いんだぞ！」

「そ、それは確かにもったいないです！　卑劣です！」

「……大丈夫、いけます。カットしてしまえば、見た目も上手く誤魔化せるでしょう」

「なんとっ!?」

　イータは考える。それは倒せる、という意味でのいけるだろうか？　それとも食べられる、という意味でのいけるだろうか？

（……両方だな！）

　満点解答であった。よくよく考えれば食べる量が増えてお得じゃないかと、そんな悟りまで開いてしまう。

「んー、あんまり危険な感じはしないけど、C級討伐対象くらいの強さはありそうかな？　エルフの人達なら倒せそうだね！」

「それでも冒険者ギルドの基準から言えば、十分に危険なレベルです。美味ねえ、作戦に変更はありません。……食材のカットの方法は任せます！」

「オーライだよ！」

最早隠す気もない甘露が、遂に食材カットと言い切ってしまう。

「イータさん、これでモンスターの素材をキャッチしてください。美味ねえが上手い具合にこちらに飛ばしてくれると思いますので」

「むっ、早速の任務だな！　承知した！」

甘露から巨大なざるを手渡されるイータ。その任務に全く疑問を抱いていないのか、素直にざるを受け取っている。

と、そうこうしている間にも、疾走する巨大野菜集団は美味の間近にまで迫っていた。野菜達は更に加速し、一番近くにいる美味にタックルを仕掛けようとしているようだ。

「活きの良い野菜ですね、美味ねえ」

「だね！　じゃっ、活きの良いうちに捌いちゃおうか！　とうっ！」

剣を構えた美味もまた、前へと突貫を開始する。野菜以上の速度で走る美味は、もう次の瞬間には敵の目の前に辿り着いていた。

「ハァッ！　乱斬り！　乱斬り！　くし形斬り！」

技名なのか、剣を振るう寸前に何かを叫ぶ美味。しかし、野菜達がその叫びを耳にする事はなかった。一太刀で丸っと皮が剝かれ、二の太刀でバラバラに斬り刻まれてしまったのだ。野菜の種類によって斬られた後の形状は異なっているようだが、その大きさは全て一口大でほぼ均一だ。

「おお、何て鮮やかな剣さばきなんだ！　それに、あんな技は見た事がない！　カンロ、あの技はミミのオリジナルなのか!?」

「いえ、違いますね。あの包丁に少しでも心得がある人なら、大抵は使えると思います」

「そ、外の世界ではありふれた技、だと……!?　クッ、旅する間は全く気付けなかったが、もしや外は修羅の世界だったのか……!?」

驚愕の事実に戦慄するイータ。反応としては満点だが、理解力はどうも不足している様子だ。

「イータさん、驚いている場合ではありません。美味ねえが斬り分けた食材が、そろそろこちらに飛んで来ます。キャッチしませんと」

「あ、ああ、そうだった！　私には崇高な任務があったんだ！」

気を取り直し、大きなざるを構えるイータ。その隣に陣取った甘露も、同じように大きなざるを構えている。

「イータさん！」

「ああ、一欠けらも落とさん！」

美味に斬り分けられた野菜達が、ヒュンヒュンと前方から飛んで来る。ざるを構えた二人はそれらをキャッチしていき、大方溜まったらポーチの中にしまい、新しいざるを取り出し構え、またキャッチしていく――といった流れの作業を、暫く続けていく。

「ふう、これで一段落！　食材、全部斬り終わったよ～。そっちはどう～？」

「こちらも全て保管完了です」

「ああ、一欠けらの野菜も落とさず、任務をやり遂げたぞ！」

満足気に勝鬨を上げる美味達。気が付けば、迫る敵集団は美味達の周りから消え去っていた。少し前まで鳴り響いていた野菜達の疾走音も収まり、森は元の静寂を取り戻している。

「取り敢えず、畑に実っていた野菜は全部倒したって感じかな？　気配もないみたいだし」

「ですね。それにしても、思わぬ臨時収入があったものです。あれだけ大きく実って、強さもC級並みとなれば……フフッ、イワカムでさぞ美味しく斬られた事でしょう。道中で倒した敵の素材は全て回収して良い事になっていますので、これら野菜も当然報酬の一部です。我ながら素晴らしい提案をしたものですよ」

「むっ！　カンロ、何やら悪い顔になっているぞ。私達は正義の行いをしているのだ。もっと爽やかに笑おう！」

「さ、爽やか、ですか？　ええと……（ニッゴリ）」

甘露、爽やかな笑顔を実践。しかし、それは大変に不器用な笑顔であった。

「……うむ、何事も得手不得手はあるからな。正直すまなかった」

「甘露ちゃん、自発的な笑顔は苦手だもんね。でも、お姉ちゃんはそんな笑顔も可愛いと思うよ！」

「妙な気遣いは無用ですよ。狩りに正義なんてないんです。と言いますか、戦いながら笑うというのも逆に不自然ですよ。そんなの、きっと変態の類です。そうです、変態です……」

よほど笑顔の件が悔しかったのか、その場に座り込みながら、ブツブツと呟き始めてしまう甘露。

「まあまあ、そんなに落ち込まない落ち込まない！　甘露ちゃんの言う通り、美味しいお野菜が一杯手に入ったんだし、ここは喜ばないと！　あっ、そうだ！　討伐が終わって帰ったら、このお野菜を使って里の皆に甘露ちゃんの手料理をご馳走しようよ！　食事は皆で食べる方が美味しいし、皆が喜べば甘露ちゃんも自然と笑顔になれるよ、きっと！」

「それは良いアイデアだ！　甘露の料理は絶品だからな、きっと称賛の嵐が巻き起こるだろう。あ、肉は入れない方が良いぞ？　私と違って、基本的にエルフ族は好き嫌いが激しいからな。森の中で入手できるもので作った方が、皆も安心できると思う」

「もう、勝手に話を進めるんですから……　まあ、最初からそのつもりでしたよ。私達ばかりが食材を手に入れるのは印象が悪いですし、お邪魔する拠点での好感度を上げておくのも、仕事のできる冒険者の心得の一つですからね」

コホンと咳払いをしつつ、満更でもなさそうな甘露。こうしてモンスターの討伐後、甘露の手料理を里で振る舞う事が決定したのであった。

「ただ問題なのは、どのような料理を作るかです。森の中で入手できる食材でと言いますが、この森は想像以上に食材が豊富。先ほど手に入れたカット野菜もありますし、選択できる料理もまた無数。エルフ族の伝統料理に近いものであれば、まあ無難に仕上げられるとは思いますが、果たしてそれが正解かと問われると微妙な気も——」

「ああ、また甘露ちゃんが独り言モードに……」

「取り敢えず、モンスターの討伐を終わらせてからだな。もしかすれば、そのモンスターからヒントが得られるかもしれないぞ？」

「おお、それは確かに！」

討伐対象、食材のラインナップ入りが決定。この選択が吉と出るか凶と出るか、果たして。

◇　◇　◇

その後も野菜集団による何度かの襲撃を受けた美味達であったが、例の如く戦闘らしい戦闘にはならず、カット&キャッチで食材を大量ゲットするだけに止まる。疲れるどころか、三人ともホクホク顔だ。

「いやあ、まさかまだまだお野菜モンスターがいただなんて、朗報が続くね～」

「私達の消費量を考えても、これは暫く食材が持つ量ですよ。討伐対象、実は良いモンスターなのではないかと、そんな疑いを持ってしまうくらいです。まあ良い悪い関係なく、これから食材になってもらう訳ですが」

「森の畑で作った野菜は良いぞ、瑞々しくて栄養満点なんだ。唯一の欠点だった収穫量が少ないという点も、野菜の巨大化現象で解決した！　後は油断する事なく、奴を倒すだけだ！」

この通り、三人の士気は上々だ。そんな形で敵と遭遇する度にテンションを上げていった美味達は、遂に討伐対象の巣へと到達する。

「おお～……大きい！」

木の陰に隠れながら、美味達は討伐対象を見上げていた。畑に根を下ろし、森の木々よりも不自然なほどに太い茎を持つ、謎の植物。幾重にも重なった紫色の細い花弁を備えた大輪は、太陽光を独占しようとするかのように、高々と森の頭上で咲き誇っていた。畑からは他にも細い触手のような植物が無数に蠢いており、かなり不気味な光景と化している。一方で、道中で遭遇した野菜の類は一切見当たらなかった。

「「「ハァ……」」」

　野菜が品切れである事に落胆する三人。ただ幸いな事に、まだ敵に気付かれてはいないようだ。というか音には反応しないのか、美味達が結構な大声で喋っても、全く反応を示さない。

「むう。それにしてもだ、以前私が戦った時よりも、確実に大きくなっているな。野菜巨大化装置として飼えないか、少しだけそんな事を考えもしたんだが……流石に危険か。周りの不気味な植物も、前にはなかった種類だ」

「大きさだけなら、グランソルドラゴンと良い勝負ですね。問題は可食部がどれだけあるか、ですが……うーん、視界に入る部分で食べられそうなところはないですね。めっちゃ毒に塗れてます。どこもかしこも触手も毒々です」

「ええっ！　そ、それじゃあ、倒しても食べられないの!?　倒し損!?」

「いや、それで一応里の平和が保たれるから、倒し損ではないと思うが……まあ、どうせなら食べられた方がお得なのは確かだな」

「私としても、毒だらけだからと言って諦めたくは――ん？　ちょっと待ってください。気になる部分を発見しました」

鑑定眼（食）でモンスターを観察していた甘露が、ある場所を凝視する。

「……あの植物の茎、よく見ると螺旋状に巻かれています。恐らく畑から出ている触手の一部が、モンスターの茎に巻き付いて保護しているのでしょう」

「むっ、確かに言われてみれば……肉壁のようなものだろうか？」

「まあ、本体を守る為にやっているんでしょうね。で、その触手に隠された茎の部分に、何かがある予感がするんです」

「つまり、そこが食べられるって事なのかな!?　ノー、無駄骨!?」

「多分ですけどね。直接目にできれば一発なのですが、今の段階ではそこまでしか分かりません。なので剣で斬るにしても、そこを攻撃する際は慎重になる必要があるかもです。どこかに毒袋があって、そこが破裂して可食部までもが汚染されてしまった、なんて事態は避けたいですし」

「なるほど、肉壁の内部がどうなっているのか、まだ分からないからな。しかし、前にも言ったがあのモンスターは強固だぞ？　手加減しながら倒すだなんて、そんな事ができるのか？」

「まあ、そこは美味ねえの地力と剣の切れ味次第ですよ。上手く斬れないようなら食材の入手を諦めて、全力で倒してもらうしかありません」

「きっと大丈夫だよ～。今の私、結構空腹で食に貪欲な状態だって、自分でも思うし！」

「その言葉は頼もしいが、決して無理はしないでくれよ？」

「了解、むふん！」

そう言って、鼻息荒くピースサインを作る美味。率直な感想として、食材の為に限界を超えて無理をしそうである。

「微力ながら、私もできる限りの援護をしよう。――『氷姫の神弓』」

イータが詠唱を行い、その手に荘厳な氷の弓を作り出す。

「おおっ、魔法ですか!? 格好良いッ！」

「フッ、その通り。これはA級青魔法【氷姫の神弓】と言ってな、私が一番得意とする魔法なんだ」

誇らし気に弓を構えてみせるイータ。ずば抜けた容姿をしているだけあって、その構える姿は実に絵になっていた。黙っていれば美人、なんて言葉を体現しているかのようである。

「魔法で弓を作り出すなんて、凄く珍しいですね。そう言えば、イータさんは『弓術』のスキルを持っているのに、いつも弓を携帯していないようでしたが……何か拘りでもあるんですか？」

「こ、拘りか？　ええと、その～……じ、実は、小さい頃から弓を水浸しにしてしまう癖があってだな、いくつかの弓を立て続けに駄目にしてしまって……それで、自力で弓を生み出せる方法を模索していったら、こんな風に至ったと言うか、うん……」

「あー……」

先ほどまでの様子とは打って変わって、気まずそうに魔法の誕生秘話を語るイータ。どうやら彼女は幼い頃から大自然主義者であり、頻繁に水中で眠っていたようだ。彼女の氷弓の荘厳さが薄れていくような、どことなくそんな雰囲気である。

「ま、まあ、オンリーワンである事には変わりませんよ。弓が魔法という事は、矢も魔法で放つのでしょうか？　威力と射程はどれほどで？」

「ああ、それは――」

イータ、自身の魔法について説明中。

「――とまあ、スペックはそんな感じだ。ここからの距離であれば、外す事はまずないだろう。ただ前回の戦いでもそうであったように、私の矢では火力が足りない。可能な限りの支援はするが、奴を倒せるほどのダメージを与えられるかどうかは、やはりミミ次第だ」

「わお、何だか責任重大だね、お姉ちゃん！」

「攻撃の肝は美味ねえ、支援の肝はイータさんになりますね。私は戦闘では何もできませんので、見る事に徹したいと思います。追加の食材情報が分かり次第、美味ねえとイータさんに伝えるという事で」

「オーライ！」

「了解だ。しかし、戦闘中は前線に立つ美味と後衛の私達では、それなりに距離がひらくのではないか？　情報伝達をするには、なかなか難しいと思うのだが」

「その点は大丈夫です。んっ……」

甘露はポーチから小型のナイフを取り出し、何を思ったのか、それで自身の指先を浅く切った。当然、イータは突然のこの行動に驚く。

「お、おい、一体何を？」

「好き好んで自傷している訳ではありませんよ。通信のアンテナを立てる為に必要な儀式と言いますか、まあそんなところです。これから美味ねえとイータさんに、私の血を一滴ほど垂らします。手でもどこでも良いので、自分の体にそれを馴染ませてください」

甘露曰く、そうする事で『吸血（食）』のスキルが発動し、疑似的に甘露の眷属になる事ができるのだという。もちろん、本当に吸血鬼の配下になる訳ではなく、その疑似的効果も一時間ほどで解けてしまうらしい。

「私が眷属に対して使える力の一つに、『念話』というものがあります。まあ、言ってしまえば脳内に直接話し掛ける事ができるんです。しかもタイムラグなし、一瞬で会話内容を理解する事が可能です。デメリットとしては、念話は私からの一方通行、また使う度に私の魔力が消費されてしまい、正直疲れるのであまり使いたくないと言いますか——」

「――う、うむ……？　すまない、情報量が多くてよく分からないのだが……」

「そうですか？　では、習うより慣れよ、実際にやってみましょう。はい、手を出して」

「馴染ませ馴染ませ、ふふんふ～ん♪」

　鼻歌交じりに甘露の血を手に馴染ませる美味。続いてイータも、恐る恐る馴染ませていった。

『マイクテス、マイクテス。聞こえますか？』

「お、おお、本当にカンロの声が聞こえるぞ。不思議な感覚だな……」

「うんうん、これで報連相は完璧だね！　あ、ホウレン草のバター炒めが食べたい」

「美味ねえ、これからが本番なんですから、戦いに集中してください。あと、残念ながら畑の野菜にホウレン草はなかったです」

「うう、お姉ちゃん頑張る……」

　念話の確認作業を終えた美味達は、いよいよ巨大モンスターの討伐へと向かう。若干士気が下がった様子の美味は木陰を出て、甘露とイータが見晴らしの良い木の上へ。ここに来て、漸くモンスター達は美味に反応するのであった。うにょうにょと蠢いていた触手の先っぽが、一斉に美味へと振り返る。

「……躍り食い、そういうものもあるかな？」

『ないですよ。毒があるって聞いてました？』

まだそう離れた場所にはいないのに、甘露からの的確なツッコミが念話に乗ってやって来た。しかし正直なところ、魔力の無駄でしかない。

と、そんなセルフ漫才をしている間にも、触手達(たち)は行動を開始する。矛先を美味に定めた後、半数は畑の土を泳ぐように移動を始め、もう半数は土中に潜って行ったのだ。畑の上と下、その二面で美味を攻撃するつもりだろうか。

「極寒大地(グラウンドシヴァ)！」

美味の頭上後方より、不意にイータの詠唱が聞こえて来る。次の瞬間、辺り一面の畑が氷の大地と化し、そこに接していた触手達も氷漬けになっていた。

「おおっ、これは!?」

『イータさんのA級青魔法【極寒大地】です。一瞬で地面を氷に変貌させ、そこに接触したものもまた氷漬けにしてしまうそうなので、美味ねえも気をつけてください』

「気をつけようがないよ!?」

「ミミだけは対象にならないよう、私の方で調整する！　滑って転ばないよう、それだけは注意してくれ！」

「なるほど！　あいあい、さぁっ！」

独自の掛け声と共に、討伐対象を目指して前進を開始する美味。一歩一歩の踏み込みが激しい為、足が地面を蹴る度に氷が滅茶苦茶に粉砕されていた。そんなパワフルな走り方をしているので、転ぶ心配はなさそうである。

「おっと」

軽い声と共に、パワフル走法中の美味が緊急後退。すると彼女の進行方向だった氷の下より、触手が槍の如く突き出て来るではないか。出て来たのはそれ一本だけであったが、美味が躱していなければ、触手の攻撃は当たっていただろう。

『馬鹿な!?　極寒大地を受けて無事、その上攻撃までして来ただとぉ!?……と、イータさんが驚いています。ちょっとうるさいです』

美味が前進して離れた為、イータの叫びを甘露が念話で代弁してくれた。

（イータさんの魔法で殆ど気配が消えたけど、それでも土の中に幾つか気配が残ってるなぁ。あの触手もその一つだけど……もしかして、見た目は同じだけど普通の触手と違う？　そもそもが別種？　触手の気配を辿って行くと、何だかあのおっきな花モンスターの根元に繋がってもいるような、そんな気もするし。つまりつまり、これってば従属植物じゃなくて、お花本体からの直接攻撃だったり？　うん、多分そうだ！　触手に見せかけた根っ子攻撃、イタリア語ではラディーチェ！）

美味は持ち前の察知能力の高さを活かし、触手の正体を解明していく。プラス、この場面では必要ないであろう知識まで、心の中で披露していく。

――ズガガガガァ！

氷の地面を突き破り、他の場所からも複数の触手――改め、根っ子触手が姿を現す。それらはどんどん長くなり、メキメキと触手の先が開かれ、口のようなものを作り出していった。口には鋭利な牙が生えており、見るからに凶悪なフォルムである。

『軽くホラーですね。本当に植物なのかと疑ってしまいます。あ、これこそが大自然の神秘というやつでしょうか？』

こんな時でも軽いノリを忘れない甘露。一方の美味は、根っ子まで美味しいセリの事を頭の片隅で考えていた。

「きんぴらも捨て難い！」

その魂の叫びは一体誰に対してのものなのか、全くの謎である。謎であるが、美味の士気はなぜか高まっていた。最初よりも鋭い速度で再度突貫、すれ違い様に最初に攻撃してきた触手を両断する。美味の刃は根っ子触手にも問題なく通じるようだ。

しかし、そんな両断された根っ子触手を目にしても、他の根っ子触手達は全く怯まない。美味の進路を妨害するように、彼女の前に立ち塞がる。剝き出しにされた口からは紫色の毒液が垂れており、触れただけでも深手を負ってしまいそうだ。

——ヒュンヒュン！

突如として、美味の頭上から矢が飛来した。冷気を纏った数本の矢は、極めて正確に根っ子触手、その口の中へと命中。極寒大地にも耐え切った根っ子触手らを、あっという間に氷結させるのであった。

『美味ねえ、それはイータさんの極氷の矢です。何でも、弓術と魔法を組み合わせた合体技なんだとか。効果範囲を矢に限定させる事で、また氷姫の神弓から放つ事で、凍結効果をより高めています。倒せているかは分かりませんが、これなら強い触手も暫くは動けないかと』

「おお、効果覿面だよ！　じゃあ、今のうちに本体へ――」

イータの支援を受け、美味が更に加速しようとした、丁度その時の事である。太陽の方を向いていた頭上の花、それが突如として大量の花粉を放出し始めた。討伐対象が居座る畑一面が、毒々しい色をした花粉の霧で満たされていく。

『その花粉も毒なので、食べちゃ駄目ですよ。美味ねえの抵抗力なら、肌に触れるだけなら問題ありませんが、呼吸を通して体内に取り込んだり、目に触れると危険です。気をつけてください』

(だから、気をつけようがないって！　でも、無理難題は甘露ちゃんの期待の証……分かった、お姉ちゃんが無理を通しちゃう！　作戦も閃いちゃった！)

猛毒の花粉で満たされた、この戦場を突き進む方法。美味（みみ）が選択したそれは、至極単純なものであった。

（目を瞑（つぶ）って呼吸を止めて、息が続いているうちに倒しちゃる！）

……冗談のようなこの作戦であるが、当の美味は本気である。本当に目を瞑り呼吸を止めたまま、美味はモンスターの下へと突貫&加速。バランス感覚が良いのか、視覚を失った今もパワフル走行に変わりはなく、むしろ先ほどよりも更に速いくらいだ。

美味が視覚の代わりに頼っていたのは、敵（しょくざい）の気配、そして攻撃が迫る際に発生する危機感であった。空腹が原動力で働く『察知（食）』のスキルで、それらを完璧に把握していたのだ。また同時に、オリジナル技の一つをこの場面で発動させる。

（理武（リブ）……！）

――『理武』、一種のマインドコントロールに類するこの技は、全神経を物凄（ものすご）く集中する事で空腹力を高め、食に起因する美味のスキルを底上げする事ができる。『剣術（食）』はより鋭く、力強く、変幻自在に。『察知（食）』も未来予知めいた力と化すのだ。空腹を犠牲にしてまで集中しているので、五感も平時とは比べ物にならないほど敏感になっている。但しこの状態が長引くと、空腹で普通に倒れてしまう諸刃（もろは）の剣（つるぎ）でもあった。その為（ため）、短期決戦向けの技と言えるだろう。

『美味ねえ、討伐対象の茎に巻き付いていた触手が動き出しました。向こうも攻撃的に来るようですよ』

◇　◇　◇

討伐対象の茎に巻き付いていた触手が、メキメキと音を立てながら剝がれていく。触手の強化版とされていた根っ子触手よりも太く、強靭であるそれらは更に手強そうな外見をしていた。言うなれば、茎触手だろうか。美味がこの名を耳にしたら、茎わかめみたいで美味しそう！　とでも言いそうである。しかしその一方で、遠くからその様子を観察していた甘露の興味を惹いたのは、それとはまた別の事柄であった。

『美味ねえ、触手が解き放たれたその内部に、真っ赤な果物が生っています。鑑定眼（食）で確認したところ、そこだけは毒もありません』

「ッ！」

そう、甘露が目にしたのは、討伐対象唯一の可食部である果実であったのだ。リンゴに似た見た目をしたその果実は、炎の如く真っ赤な色合いをしており、猛毒や獰猛な触手を持つモンスターの一部だとは思えないほどに美しかった。視界を閉じている美味も、念話を受けてテンションが高まる。

『討伐対象の全身を確認。果実を傷付ける事なく、果梗部を斬って採取してください。毒が果実に移るような構造でもないので、それ以外の部分は容赦なく倒してしまってオーケーです』

（おお、加減する必要なし!? なるほど、ベーネベーネ！）

美味は氷の大地を走破しながら、敵がいそうな方向へ剣を振るう。刃から放たれるは『鎩刃裂（ウィング）』と呼ばれる飛ぶ斬撃、かつて巨大地竜をも両断した、美味の剣術の一つである。

斬撃は茎触手の一つに見事命中し、その緑色の肌をぶった斬らんと火花を散らす。

――ギギィン！

（むうっ!?）

しかし、放たれた斬撃は茎触手を両断するには至らなかった。茎触手の半分ほどを斬った時点で、斬撃が止まってしまったのだ。

（今の音、何か浅かった気がする……！ 当たったのに斬れなかったの、久し振りだなぁ。鎩刃裂じゃ威力不足だったかな？ となると、直接イワカムで斬るしかないか～）

そんな風に美味が感心している間にも、彼女の前方からは、先端から凶悪な口と牙を顕現させた茎触手が迫っていた。その中には先ほど鎩刃裂に攻撃された茎触手も交じっており、かなりお怒りの様子だ。頑丈である。

「クッ、極氷の矢でも完全には止まらないか……！」

イータが援護射撃するも、茎触手は完全には凍結せず、精々動きが少し鈍くなる程度にしか効果がない。ただ頑丈なだけでなく、本来植物の弱点である筈の氷属性の魔法にも耐性があるようだ。

『イータさん、触手は美味ねえに任せて、上の花を狙いましょう。恐らく、あちらは触手ほど頑丈ではない筈です』

「むっ、なるほど！　了解した！」

甘露の指示を受け、矢の目標を触手から花へと変更するイータ。彼女が放った矢は雨に、いや、霰となって大輪へと降り注ぐ。また、そんな攻撃的な天候の真下では、今にも美味と茎触手が激突しようとしているところだった。

（んんっ、何だかとっても危険な予感！）

周囲から突き刺さるような感覚を覚える美味。それもその筈、それまでバラバラに攻撃しようとしていた触手とは違い、この茎触手はタイミングを合わせ、連係して美味に襲い掛かろうとしていたのだ。言うなれば点ではなく、面での攻撃である。たとえ茎触手の一本が倒されたとしても、他の茎触手が美味に噛みつき、猛毒を送り込む事で確実に討つ算段なのだろう。

植物モンスターがそこまで考えているのかはさて置き、この攻撃は理に適っている。先の飛ぶ斬撃、錣刃裂では茎触手を倒し損ねていた。仮に接近戦の一太刀でそれ以上の威力を発揮できたとしても、それは茎触手一本、多くても二本を倒すのが限界だ。今現在美味に襲い掛かろうとしている茎触手の数は、それこそ十本を優に超えている。一部を倒せたとしても、普通に剣を振るっているだけでは茎触手の壁、面による攻撃を防ぐ事はできないのだ。……そう、普通に剣を振るうだけでは。

（えっと、こっちとあっちとそっちと……うん、面倒！　怪しいところ、全部攻撃しちゃえ！　んんーっ……紗威！）

美味と敵の集団が衝突しようとした次の瞬間、美味に迫っていた全ての茎触手が細切れにされた。両断しただとか、そんなレベルではない。文字通りの細切れであった。バラバラとなった茎触手の肉片、それらを見えているかの如く全て躱しつつ、美味は何気ない顔で本体に向かう。

（見えないけど、上手くいったっぽいね！　ふいーっと息を吐きたいところだけど、まだ我慢我慢！）

――『紗威』。敵集団を逸早く倒し、食材化する為に美味が編み出した、恐ろしき剣技。この技は美味の間合いに入った全てに、一振りの剣で斬撃の嵐を食らわせる。攻撃範囲の広さもさる事ながら、見ての通りその威力も尋常ではない。

一方でどういった技術で、どのような理論でそのような技が展開されるのかは、正直なところ美味本人にも分かっておらず、技と言うには無理のある代物であったりもする。己の食欲とスキルの力で無理矢理に使っている、というのが一番正解に近いだろうか。『理武』の状態でないと上手く斬れない、やったらやったでお腹が減る、という弱点も本人曰くあるらしいのだが、それが技の代価として相応しい弱点なのかは微妙なところだ。

(うわ、早速お腹がげっそりして来た！　急激に来た！　剣は冴えるけど、そろそろ活動限界近いかも、お姉ちゃん！)

という事で、ダッシュダッシュ！

迫り来る茎触手を全て排除した美味は、その足で敵本体の下へと急いだ。例の如く目は見えておらず、鼻で匂いを嗅ぐ事もできない訳だが、甘露がもたらした情報を元に、果実があるであろう場所へと直感で向かう。

『うん、私が場所を指示するまでもないですね。美味ねえ、そのまま前進してオーケーです。なぜか方向は合っていますので。ああ、そうだ。上にあった大きな花も、イータさんが完全に凍結してくれました。追加で敵が何かして来るような事はないかと。そのうち、毒の花粉も晴れると思いますよ』

(ヴァベーネ！　じゃ、お姉ちゃんも残りの空腹力を振り絞って、最後のお仕事！)

獅子が獲物を狩るが如く、口元から欲望を垂れ流しながら、全力で目的の物の下へ。他に敵からの攻撃はないとはいえ、今の美味は本気でお腹が限界であるらしい。恐らく、この時のトップスピードが戦闘中で一番速かった。

(こ〜れ〜だ〜なぁ〜？)

真っ赤な果実が生る場所へと辿り着いた美味は、繊細な手先の動作で果実を確認する。

近くで触れると、果実が等身大ほどもありそうなサイズである事が分かった。先の巨大野菜集団の果物版、とでも言うべきだろうか。尤も、こちらに駆け出す為の足は付いていないようだが。

美味は果梗部を適度な長さでカットし、果実を無事に収穫。えっさほいさと果実を運び、そっと地面に置くのであった。そして、ふと振り返った美味は――剣を構え、空腹力を振り絞った。

（ふんだらばっ！）

上段からの、渾身の振り下ろし。狙うはもちろん、今や可食部がない状態にある討伐対象だ。欲していた果実を採取してしまえば、最早容赦して攻撃する必要は微塵もない。魔剣イワカムによる斬撃は、聳え立つ討伐対象の肉体を真っ二つに両断し、凍り付いていた大輪を粉々に四散させるのであった。

甘露達の場所まで戻った美味は、収穫した果実を地面に置いた。そして、真後ろに向かってぶっ倒れた。

「ミ、ミミッ!?」

それが後頭部をもろに打つ倒れ方であった為、イータは急いで美味の下へと駆け寄った。

「お腹減った――――！　もう動けないよ――――！」

「そこは疲れた、じゃないんですね。まあ何はともあれ、お疲れ様でした」

「……思いの外、元気そうだな」

尤も、心配する必要はなかったようだが。ホッとした気持ち、呆れた気持ち、腹が減った事に同意する気持ちが、イータの中で入り混じる。

「これが討伐対象、『ヘルプロテア』の果実ですか。なるほど、従属植物であった野菜にも劣らぬ大きさですね」

「ん？　そんな名前だったの、あのお花モンスター？」

「一応、食材名として鑑定眼（食）に情報が出ますからね。戦闘には必要のない情報だと思ったので、今まで伏せておきました。それとも、必要でしたか？」

「ううん、別に！　それよりも、そのおっきなリンゴについて知りたいな、お姉ちゃん！」

腹をぐうぐう鳴らしながら、満面の笑みを浮かべる美味。その果実がどんな料理に化けるのだろうかと、今から楽しみで仕方がない様子だ。もちろん、例に漏れずイータも同じ気持ちである。

「私も気になるな。カンロ、見るからに美味しそうだが、この実はどんな感じなんだ？　当たりか？　大当たりなのか？」

「二人とも、ヨダレが滝になっていますよ……こちらの実は『プロテアップル』、その名の通りヘルプロテアに生ったリンゴですね。毒素や不純物が他の部位に集中していた分、あの巨体に集められた栄養素や旨味が、この実に一点集中しているようです。ヘルプロテアをイワカムで倒したので、食物としてのランクもその分更にアップしていますね。……アップルだけに」

「ぷふふぅ――――！　か、甘露ちゃん、冗談きついよ～。お姉ちゃん、空腹と笑いでお腹がよじれちゃう！」

「フフッ、私渾身の洒落でしたからね。イータさんも我慢せずに笑って良いんですよ？」

「えっ？……あ、ああ、うむ……？」

イータ、よく分かっていないようで、困った顔をしながら首を傾げる。

「クッ！　やはりこの世界はお笑いのセンスが遅れているようです。食事に関しては満足なのですが、その点だけが悔やまれますね……」

「だねぇ、甘露ちゃんのセンスはこの世界に早過ぎたかもだねぇ」

「何だかよく分からないのだが、取り敢えず、すまない……？　そうか、外の世界ではそういったものが流行っているのか。勉強になるな」

こうしてまた一つ、イータの外の世界に対しての誤解が生まれるのであった。

「もぐもぐ、もぐもぐ」

「ところで、今更ではありますが……イータさん、肝心の畑を氷の大地に変えてしまって良かったのですか？　これ、暫くは再利用できないような気がしますが……」

仰向けになって動けない美味に巨大おにぎりを食べさせながら、ふと甘露がそんな疑問を口にした。彼女がチラリと視線を向けた先には、先ほどの戦闘で氷漬けになってしまった畑が広がっている。モンスターから解放をしたままでは良いが、確かにこのままでは使えそうにはない。

「うん？　ああ、その点は心配しなくて良い。この森の畑には周囲の魔力を吸収する力があってな、むしろ、こうして適度に魔法を浴びせてやった方が、土が元気になるんだ。ヘルプロテアに土の栄養素を奪われた分、この補給で丁度良い感じになるだろう。明日か明後日には、私の極寒大地も分解吸収されて、元の畑に戻っていると思うぞ？」

「もぐもぐ、ごっくん！　おお、それは大自然の神秘ですね！　凄いです！」

「フフン！　そうだろう、そうだろう！　見ろ、畑も喜んでいる！」

イータが自信満々に氷漬けの畑を指差すが、氷漬けは氷漬け、特に何かが反応する事もなかった。それでも、イータはとても嬉しそうだ。

「ファ、ファンタジーが極まっていますね……」

「もぐもぐもぐ」

一方で、あのヘルプロテアよりも、むしろこの畑の方が化け物だったのでは？　と、そんな何とも言えない思いを巡らせる甘露。確かにこんな環境で育っては、イータが大自然主義者なのも納得（？）なのかもしれない。

「もぐもぐ、ごっくん！　ぷはぁ、いと美味し！　腹一分目にも満ちていないけど、窮地は脱した感じだね、うん！　これで里までは自力で歩けるよ！」

　美味、巨大おにぎりを完食。膝に力を入れ、漸く起き上がれるようになったようだ。

「それは良かったです。さて、唯一の懸念点であった畑問題も謎の力で解決したようですし、そろそろ里へ戻りましょうか。凱旋、というやつです」

「フッ、そうだな。さあ、帰るとしよう！　我らの里へ！」

　威風堂々、里へと帰還する甘露とイータ。その姿は凱旋という言葉に相応しいものだった。

「あ、やば。待って～！　お姉ちゃん、やっぱまだ無理だった～！　腹一分目未満じゃ歩けないよ～！」

　背後からの叫びに甘露とイータが振り向くと、そこには地面に倒れ伏した美味の姿があった。手足だけジタバタして、それ以外は全く動けない様子である。

「……イータさん、すみませんが」

「ああ、了解した。私が背負おう」

　こうして英雄達は、何とも言えない空気の中で凱旋するのであった。

◇　◇　◇

「むっ？……お、おおっ！　皆、イータ様と冒険者の方々が戻って来たぞ！」

討伐から帰還した三人の姿を確認した警護エルフが、大急ぎで村の者達にそう知らせる。

知らせは瞬く間に広がり、三人を出迎えようと、あっという間に里中のエルフ達が里の入り口に集まるのであった。

「「どこどこ～？」」

「あそこだよ。良かった、全員無事みたいだ」

「イータ様がこちらに手を振ってくださっているぞ！　あの明るい雰囲気、きっと勝利されたんだ！」

「うおおおぉ――――ん！　イーダ様、ご立派にだってぇぇぇ！」

「お、おい、エボンさん、泣き過ぎだって。涙でメイド服がびしょ濡れだぞ……」

「だぁってぇぇぇ！」

「素晴らしい！　これで畑が解放されたんだな!?」

「ああ、これで存分に魔法の試し打ちが――ゴホン！　畑に肥料を与える事ができるな！」

「けど、ミミ殿がイータ様に背負われているぞ。どこか負傷されたのだろうか？」

「あの苦しそうな表情から察するに、よほど激しい戦いだったのだろう。まさか、敵の攻撃に当たりそうになったイータ様を庇って……!?」

「そ、そんな英雄的な行動を!?」

「英雄、英雄の凱旋だ！　早く族長に連絡しなくては！」

「イータ様は青魔法の名手だが、確か白魔法は使えなかった筈だ！」

「おい、誰か白魔法を使える者はいないか!?　急いでミミ殿を回復して差し上げるんだ！」

「「「うおおおぉぉ――――！」」」

「「イエイイエ～イ」」

エルフ達の出迎えは強烈だった。正直なところ、美味達がイメージするエルフとは、大分かけ離れているほどである。そしてエボンと言うらしいメイドはよほど嬉しかったのか、涙を拭くことなくひしとイータにしがみつく始末だ。

「うんうん、凱旋はこうでなくっちゃね！　お姉ちゃん、とっても満足！……けど、やっぱりそろそろ餓死しそう……フードを、ハリー……」

「美味ねえ、そんなんじゃ格好がつきませんよ、色々と……」

「フフッ。まあ良いじゃないか、こんな凱旋があったって。皆、ああして喜んでいるのだからな」

そんな会話をしているうちに、三人は里へと到着する。すると間髪容れずに、杖を持っ

た数名のエルフ達が美味達の下へ駆け寄って来た。

「ハァ、ハァ……！　ミミ殿は大丈夫ですかな!?　ご安心を、今すぐに傷を癒しますので！　おい、魔法の準備はどうなっている!?」

「治癒円陣（リカバリーサークル）の準備、完了しました！」

「毒晴（ポイズンキュア）！　毒晴！」

「馬鹿もん！　そんな低級魔法でミミ殿を苦しみから救えるか！　毒を抜くなら、B級白魔法【全晴（ベネディクションキュア）】を使え！」

直後、美味に怒濤（どとう）の白魔法が施され始め、ピカピカと眩（まぶ）しいくらいに体が輝き出す。原因はもちろん、エルフの術士達による回復魔法だ。

「わあ、お姉ちゃん輝いているよ～。これってジャスティス？」

「いやいやいや……あの、皆さん？　美味ねえは怪我（けが）をしている訳ではなくてですね」

「なんとっ！　肉体へのダメージではなく、精神攻撃を受けたのですか!?　クッ、それは厄介な治療になりそうですな……！　しかし、安心してくだされ！　我々エルフの白魔導士の名にかけて、必ずやミミ殿をお助けしますので！　皆の者、気合いを入れるぞ！」

「「「おうっ！」」」

何としてでも英雄を助けるのだと、エルフ達の気迫が凄（すさ）まじい。こんな状況での誤解はなかなか解けないもので、単に腹が減っただけだと理解させるのに、甘露は今日一番の苦戦を強いられる事となる。

エルフ達の熱い出迎えを受けた美味達は、色々な誤解を解いた後に、祝いの席へ招待される事となる。元々祝勝会を予定していたのもあって、これはちょうど良い機会だと三人は喜んだ。もちろん参加、参加、参加である。

宴は里の広場でやるようで、沢山のテーブルがわっしょいわっしょいという掛け声と共に、まるで神輿を担ぐが如く運び込まれていた。

「はえー、何だかお祭りみたい。もっぐもぐ！」

エルフの者達が急いで蒸かしてくれた山盛りの芋で、徒歩分の栄養を緊急補給中の美味。

「フッ、意外かもしれないが、我々エルフは結構な祭り好きでな。事ある毎に何かを理由にして、このような祝いの宴を開いているんだ」

「あの、お酒らしきものが沢山運ばれているのですが……」

「祭りに酒は付き物だろう？　我々エルフは偏食で少食が基本ではあるが、酒だけは例外でな。子供でない限り、皆一様に酒好きだ。ヘルプロテアの件があって最近は自粛していたから、皆うずうずしていたんだろう」

「えっ、もぐなんですか？　どっちかと言うともっぐもぐ、何だかドワーフさんっもぐっぽいイメージの話もぐですね、もぐもぐ！」

「美味ねえ、話す時はもぐもぐを止めましょう。最低限のマナーですよ……」

「フフッ、構わんよ。ドワーフが私達と似ているかどうかは知らないが、だとしたら気が合うかもしれないな。だが、所詮噂は噂だ。実際にその種族に会うまで、変な偏見を持つのは止めた方が良い。ちなみに、こう見えて私も結構な酒豪なんだぞ。まあ、父上には負けるがな」

「それはまた……ん？　イータさん、大食いは隠しているのに、酒豪である事は隠していないんですか？」

「ああ、先ほども言った通り、エルフは皆酒好きだからな。むしろ族長の娘として、沢山の酒を飲むのは義務のようなものだ」

「な、なるほど……」

わっしょいな掛け声をバックに、そんなエルフ事情を知る事となる美味と甘露。当初のエルフのイメージは四散し、エルフは祭り好きで酒豪がデフォルトであると、新たな知識が刻み込まれる。

「失礼致します。ミミ殿にカンロ殿、こちらの席へどうぞ。イータ様もそちらに隣の席を用意致しました」

三人がそんな話をしていると、案内役のエルフが声を掛けて来た。どうやら、宴の準備が完了したようだ。

「えっ？　わあっ、もう会場設営が終わってる！」

あまりの速さに驚く美味。気が付けば殆どバックミュージックと化していた、あのわっしょいボイスも鳴り止んでいる。祭り慣れしているだけあって、エルフ達の手際は凄まじかった。

「ミミの食事も、いつの間にか終わっているな……」

「美味ねえの食事スピードに匹敵するとは、なかなかやりますね」

それくらいに凄まじかった。

「これは……お誕生日席というものですね！　いかします！」

「美味ねえ、そんなに興奮すると、またお腹が減りますよ。あの、その前に私、調理場にお邪魔したいのですが。と言いますか、色々とお手伝いしたいです」

案内役のエルフにそんな提案をする甘露。もちろんその目的は、お手伝いという名のレシピ視察である。

「調理場、ですか？　し、しかし、これはカンロ殿の活躍を祝う場でもありますし、流石にそれは……」

「構わんよ」

「いえ、ですから――って、オクイ族長!?」

案内役エルフの背後から、族長のオクイがぬるりと現れる。自然かつ突然な登場であった為、案内役は飛び跳ねてしまっていた。

「ミミ殿、カンロ殿、この度は依頼したモンスター討伐を見事遂行してくださり、本当にありがとうございました。貴女方の活躍により、この里は生き永らえたのです。エルフを代表して、お礼申し上げます」

「いえ、私は美味しいものが食べられれば、それでオールオッケーなので！」

「いえ、私は報酬を頂ければ、それで万事オーケーなので」

美味と甘露が重なるようにして、似通った台詞を口にする。つまるところ、頭なんて下げなくて良いから、約束していた対価をよろしくお願いね？　という事だ。冒険者は基本、報酬第一なのである。

「え、ええっと、族長……？」

「ああ、先ほども言ったが、調理場に案内して問題ないぞ。実はな、モンスター討伐の報酬の一つとして、我らエルフの伝統料理を伝授する事になっていてな。カンロ殿は早速それを頂戴したいと、そう仰っているのだ」

「まあ、簡単に言ってしまえばそういう事ですね。ですが、里の皆さんに料理を振る舞いたいという気持ちも本当ですよ？　道中で色々と良さ気な食材が手に入りましたし、今の私は創作意欲に富んでいるんです」

「ほう、カンロ殿の手料理ですか。それは我らにとっても楽しみな事です。期待しても？」

「父上、カンロの料理が絶品なのは、旅を共にした私が保証致します。我らエルフの舌にも、必ずや合う事でしょう」

「ほっほっほ、愛娘からも太鼓判を押されてしまったわい。カンロ殿、好きなだけ見て聞いてやってください。皆、喜んで知識と技術をお伝えしますので」

「それは楽しみです」

こうして、ご機嫌な様子の甘露は調理場へ赴いていった。ホップステップランランラン、である。

「ミミ殿はこのまま席にお通ししても？」

「あ、はい。お通ししてもよろしくて、です！」

「ミミ、言葉遣いが凄い事になっているぞ」

「で、でもでも、折角のお誕生日席ですし、マナー的によろしくてな感じですし！」

「さっきも言ったが、変にマナーや言葉遣いに気を遣う必要はない。自然体で飲み食いして、宴を楽しんでくれ。……大自然主義だけに、なんて」

「ぷふぉっ！」

まさかの不意打ちに、堪らず吹き出してしまう美味。外の間違った流行を学んだイータは、順調に美味達に影響されているようだった。

◇　◇　◇

「はぐはぐはぐっ！　ぱくぱくぱくっ！　うーん、どれもデリシャス！」

本日の主役の一人、美味の前には大量の料理が並んでおり、美味は至福のひと時を堪能していた。里の料理は煮物やお浸しなどといった素朴なものが多く、王都の料理と比べれば豪勢とは言えないかもしれない。しかし、どこか懐かしく心落ち着く味わいで、美味はそれら料理を大変気に入っていた。食べながら叫ぶ言葉にも、嘘偽り（うそ）は一切ない。

「喜んでくれて何よりだ。もぐ……」

そんな美味の横で、イータは遠慮がちに煮物を口に運んでいた。いつもであれば、美味にも負けない勢いで食していた筈（はず）のイータが、だ。族長の娘として、皆の前で大食いをする訳にはいかないのだろう。清淑（せいしゅく）といえば清淑である。だが、やはり美味としては違和感しかなかった。

「イータさん……」

「ミミ、皆まで言わないでくれ。これは仕方のない事なんだ」

できる事なら食らいたい、それこそ皿まで。それでも、イータは我慢をするしかなかった。小さな野菜を口に入れ、何度も何度も咀嚼する。せめてこれだけでも、根こそぎ味わうが如く。

「失礼致します」

「ん？　ああ、エボンじゃないか。何かあったのか？」

そんなイータが座る席に、一人のエルフがやって来た。出迎えの際に大声で泣き叫んでいた、あのメイドである。エボンという名であるらしい彼女は、あの時とは打って変わって、キリリとクールな雰囲気を纏っている。

「イータ様、皆を導く立場ある者が品位を保つ事は、大変に重要だと私も思います。ですが祭りとは本来、羽目を外す為のものです。そこに一定の限度はありますが、多少の無礼講をとやかく言う者など、この里にはおりません。いたとしても、私が黙らせましょう。ですから……お祭り限定で、一緒に殻を破りませんか？」

エボンが持って来たのは、一升瓶ほどの大きさはあろう、大きな酒瓶であった。それも二本、二刀流である。よくよく見れば、彼女の背後には里のエルフ達が思い思いの酒を持って、列を成していた。

「そうですよ、イータ様！　お祭りくらい、思いっ切りやっちゃいましょう！」

「イータ様が我慢しているのなんて、私達も見ていて辛いですって！」

「「大自然主義だけに～」」

「お、お前達……！　そうだな、大自然主義だけに！」

その後、イータは鎖を解き放ち、自由に飲み食いを楽しんだ。立場ある者も、時には自由であるべき――信頼があってこその無礼講であった。……まあ、そのあまりの食べっぷりに、調理場担当は若干の後悔をする事になるのだが。

「良い話もぐですね～。あ、おかわりお願いします！」

◇　◇　◇

宴会場が盛り上がるその一方、そこに料理を補充する調理場もまた、大変にヒートアップしていた。……宴とは違う意味で。

「伝授された森ジャガの煮物山盛り、五皿分出来上がりました。十秒後にはカットフルーツの山盛り合わせも完成しますので、大急ぎでサーブしてください。あ、一皿はここに残してくださいね。合間に私が食べますので」

「す、凄いぞ、カンロ殿のあの働き振り！」

「ああ、一人で我ら以上の料理をこなし、暇を見つけては自分の食事までしているなんて！」

「しかもお伝えしたレシピも瞬時に把握、完璧に再現しているよ……！　クッ、冒険者にしておくのが惜しい逸材だね、あのお嬢ちゃんは！」

調理場で必死に調理を行うエルフの料理人達が、甘露に対して尊敬の念を抱く。そして、そんな料理人達に交じった当の甘露は、なぜか調理場の中心となって働いていた。その働き振りはお手伝いなんてものではなく、今やすっかり調理場の中核的存在になりつつあった。

「しかし、本当に助かったよ！　お嬢ちゃんが来なかったら、アタシらはあの食欲に押し潰されているところだった！　人手的な意味でも、保管していた残りの食材的な意味でもね！」

調理場を取り仕切っていた女将的なエルフが、料理をしながら甘露に礼を言う。どことなく老練な雰囲気を醸している彼女であるが、エルフである為、やはり見た目は若い女性にしか見えない。

「調理場をお手伝いすると、オクイ族長にはそのように言っていますからね。私は有言実行しているだけです」

食欲魔人の美味、そして胃の枷を解き放ったイータが相手では、エルフの料理人（とは言っても、殆どが主夫・主婦）達だけで太刀打ちするのは、土台無理な話だろう。最初のうちこそ、里の伝統料理を学ぶ事に徹していた甘露であったが、その修羅場っぷりを見るに見かねて参戦した、という経緯になっている。ちなみに食材についても、今回の討伐で入手したものを一部融通している形だ。

「な、なんて良い子なんだ……！　もしや、天使……？」

「存在が眩しい……」

「ああ、エルフの俺達から見ても美形だし、そうかもしれないな……」

否、吸血鬼である。

「ったく、うちの男共は仕方ないねぇ。にしても、あんなに食材を貰っちまって良かったのかい？　あの大量の野菜、今回依頼した報酬なんだろ？」

「報酬に適合する拾いものではありますが、元はエルフの方々の畑にあったものなので。今回の宴の食材として使えれば、それで構いませんよ。私と美味ねえの口にも入りますしね」

「フッ、アンタって奴は」

「やはり天使……」

「存在が神々しい……」

「実は我らと同族なのでは……？」

否、吸血鬼である。

「なら、遠慮なく使わせてもらうよ。あのモンスターに畑を占領された時は、毒やらの汚染で駄目になっていると、半分諦めていたようなもんだった。それが食べられる状態で、しかもこんなに美味しく育って無事に返って来るとはね。心の底から感謝するよ、お嬢ちゃん」

女将がカットされた野菜を一欠けら手に取り、改めて感謝の言葉を甘露へと送る。料理人の端くれとして、里の者達が丹精込めて作った野菜が無駄になるのは、忌諱する事柄の一つだったのだろう。

「……それはそれとして、何でカットされた状態で持って来たんだい？　それにあの畑から収穫したにしては、例年より大分量が多い、いや、多過ぎる気がするんだけど……」

「そこはまあ、戦闘中はハイな状態だったので、勢い余って野菜も斬り伏せてしまったと言いますか。量に関してはさっぱりですが、もしかしたら里の不運を嘆いた神様が、ちょっとした奇跡を起こしてくれたのかもしれませんね。ええ、きっとそうです。この世界の神様は気分屋さんですから、なくはないと思います」

「お、おう……？」

急に早口で語り出した甘露の勢いに、気圧されてしまう女将。有無を言わさぬプレッシャーで、強制的に納得させられるのであった。

「ところでカンロ殿、先ほどからずっと何かを煮込んでいるようですが……その、それって我らがお教えしたレシピとは、また別のものですよね？　外の世界の料理ですか？」

「ああ、これですか？　まあ、外の料理と言えば外の料理ですね。折角の機会ですから、私からも何か振る舞いたいと思いまして」

調理場の中枢として働く甘露であったが、彼女は同時にある料理を調理していたのだ。

甘露の真横には大きな、それこそ物語に登場する魔女の大釜と称しても良さそうな、それくらいに大きな調理器具が設置されていた。これは甘露の持ち込み品で、この大釜だけで何十人分もの料理が準備できそうである。

「今更その大釜を指摘しようとは思わないが、やっぱりインパクトが凄いね……大釜の中身、こいつは……スープかい？　何やら緑に近い色合いのようだけど……」

尚更魔女の大釜っぽかった。この光景だけを切り抜いたら、薬草などを煮詰めて薬か何かを作っているようにしか見えないだろう。

「まあ、スープといえばスープかもしれません。グリーンカレーってトロみがなくて、シャバシャバしていますし」

「「「ぐりーんかれぇ？」」」

エルフ達が声を揃えて首を傾げる。

「へえ、それがこのスープの名前なのかい？」

「です。イータさんからエルフの皆さんが食べられるものをリサーチし、手持ちの食材で何が作れるか検討した結果、キャンプの王道の一つであるカレーを作ろうと思い至りまして。基本的に使う食材も、この森で採れたものに限定しています。まあ、ライスだけは自前ですが」

「アタシらの為に、そこまで考えて作ってくれたのかい？　なるほどねぇ。嗅いだ事のない香りをしているし、偏食的なアタシらが口にできるかは分からないが……フフッ、柄にもなくワクワクしちまってるよ。お嬢ちゃんが作った外の料理、正直凄く興味がある！」

「お、俺だって、カンロ殿の手料理に興味があります！」

「あ、狡いぞ！　自分だって！」

「私なんか、レシピを知りたいくらいです！」

女将に引き続き、他のエルフ達も自分も自分もと、激しく自己主張をし始めた。すっかり甘露に夢中なようで、料理を運ぶ事を忘れてしまっている。

「レシピですか。今回のカレー、森に自生していたスパイスから作ったので、時間短縮の為に一部錬金術を使用していまして、それ抜きにやるとすれば――」

甘露、スパイスのテンパリングなどを説明中。エルフ一同、メモを用意。必死に食らい付く。

「――と、飴色になった森玉ねぎとスパイスを炒めたら、予め森レモン汁に漬けておいたプロテアップルを加えて更に炒め、森タマリンド水を少しずつ注ぎ足しながら伸ばしていってですね、次にカットしておいた野菜を」

「ま、待っておくれ、今メモするから！」

「うおおお、普段使わない食材が、我らの森にこんなにもあったとは!?」

「スープ一つに、何という材料の数々……！　全然味が想像できない！」

「外の世界の料理とは、こんなにも難解なのか!?」

「……まあ確かに、普通に野外で作るなら、市販のルーやレトルトがあれば一発なんですけどね。確定で美味しく作れますし」

「「「るう？　れとると？」」」

「いえ、こちらの話です。さっ、説明を続けますよ。実は今回、隠し味に族長さんのお宅で頂いた茶葉を使っていまして、これがプロテアップルとの相性がとても良くてですね」

「「「また材料が増えた!?」」」

甘露のお料理教室は、それから暫く続いたそうな。

◇　◇　◇

「イータさん、これはおかしいです。絶対におかしい……！」

「ああ、これはおかしい。もしや、何か事件でもあったのだろうか？」

美味とイータはそれまで高速で動かしていたマイチョップスティックとマイフォークを止め、心配そうに調理場の方向を見ていた。それはなぜか？　理由は簡単だ。彼女らが食らう、料理の供給が止まってしまったのだ。

「これは、もしや……」

「エボン、何か知っているのか!?」

「エボンさん、もったいぶらずにハリーハリー！　私はおかしいよりも、美味しいが好きなんです！　焦れているんです！」

神妙な表情を作るイータお付きのメイド、エボン。そんな彼女の空気につられ、イータと美味も無駄にシリアスな口調になっていた。……一部おかしな点もありはするが、一応これでもシリアス風味なのだ。

「……供給が需要に追い付いていないのかもしれません。つまるところ料理を作り過ぎて、調理場の者達が倒れてしまった、或いは貯蔵していた食材が切れてしまったのかと」

「「な、なにぃ―――!?」」

二人は絶叫した。神に見捨てられた、もうこの世の終わりだ。そんなレベルでの絶叫であった。あまりに大きな声だったので、里中の視線が二人に集まる。

「いえ、そんな事はありませんよ。少し講義に手間取ってしまいまして」

そうやって皆の意識が集中しているところに、いつの間にか甘露がやって来ていた。

「か、甘露ちゃん!?　一体いつからそこに!?」

本来察知能力に優れている筈の美味であるが、料理の供給が途切れた動揺からなのか、彼女も甘露が近づいていたのを気付いていなかったようだ。

「……？　今来たばかりですよ。それよりも、お腹は良い感じに減りましたか？」

「減ったよ！　もうペコペコのペコちゃんだよぉ！」

「うむ！　私としては多少の中休みにはなったかもしれないな。実際、今は食欲が増すばかりだ」

「「「ええっ……」」」

　宴の最中に山のような料理を平らげていた、あの異様なる光景。それらはたとえ酒盛り中であろうとも、エルフ達の脳裏に焼き付く強烈な光景だった。それほどのインパクトだったのだ。なのに腹ペコ、食欲は増すばかり――イータにああ言った手前、言葉にするのは憚られるが、里の者達はそろそろ里の貯蔵を心配し始めていた。まさか彼女の本気の食欲がここまでだとは、思っていなかったのだ。

「ふむ、狙い通りの良きタイミングのようですね。美味ねえ、イータさん、そして里の皆さん、僭越ながら一品だけ、外の料理を用意させて頂きました。珍しく映るかもしれませんが、物は試しと思って、まずは一口召し上がってみてください」

　皆の注目が集まる中で甘露がそう宣言すると、調理場から次々と皿が運ばれて来た。皿の中にはライス、そしてその上に甘露のお手製グリーンカレーが注がれており、食欲をそそるスパイシーな香りが会場に広がり始める。

「緑、いや、黄緑色のスープ？　我々エルフにも提供するという事は、野草の類でも煮込んだのだろうか？」

「でも、それにしては香りが凄く強くないかな？　しかも嗅いだ事のない、妙に美味しそうな香りだ」

「この白い穀物と一緒に食べれば良いのかしら？　どんな味なのか、全然想像できないけれど……」

「ねえねえ、これって食べても良いの～？」

エルフ達の反応は様々だ。しかし、その多くは驚きと戸惑いが占めているようで、なかなか手に持ったスプーンが動く気配はない。族長であるオクイも、物珍しそうに観察し、香りを確かめるに止まっていた。

「わーい！　カレー、カレーじゃないか、甘露ちゃん！　この世界で一体どんなマジックを!?　ルーとかレトルトとか、そんな高級便利グッズはなかった筈だよね!?」

「森に自生していたスパイスを組み合わせたんですよ」

「ああ、森の中で何か採取していたもんね！　へぇ、アレーがカレーになるんだ～。不思議体験～」

「ほう、これまた見た事も聞いた事もない料理が出て来たものだ。だが、これだけは分かる。この料理、絶対に美味しいぞ！」

他のエルフ達とは正反対に、美味とイータは即座にスプーンを手に取り、迷う事なくライスとカレーをすくい始めた。

「それじゃ、早速いただきま~す♪」

「カンロ、有り難く頂こう！」

「はい、遠慮なくどうぞ」

スプーンを口へと運び、大きな口でパクリ。美味とイータが食べる様を、エルフ一同は固唾を呑んで見守る。

「「……フ、フフッ」」

「イ、イータ、どうした？　それにミミ殿も、何がおかしいのですかな？」

十分に咀嚼し飲み込んだ後、少しして美味とイータの口から小さな笑い声が漏れた。不思議に思ったオクイが問い質すも、二人の視線はカレー皿に注がれたままだ。

「これ、これだよ、お姉ちゃんが待ち望んだ、ザ・キャンプ飯は！　美味い、美味い、うみゃ――――い！　カレーが体に同化する！　野菜が血と肉に転生する！」

「辛い！　しかし、味の奥底に甘味もある！　これは野菜、そして果実の甘味か!?　鼻孔をくすぐる刺激的な香りが、食べる度に更なる食欲をそそる！　何だこれは、止まらん！」

「お肉が入っていないところだけが残念だけど、野菜の具材で統一されていて、これはこれでアリと思わせる凄味がある！　野菜だけなのに凄味がある不思議！　コクか、コクが凄いのか!?　それでいて優しい！」

「恐らくそれは我々エルフに対する配慮だろう！　私に宿るエルフの血が、それをもっと寄越(よこ)せと騒いで止(や)まない！　米にスープが絡まり、我が舌の上で躍り出して止まない！

さっきも言ったが、手も口も止まらない！」

「要するに！」

「つまるところ！」

「「おかわりッ！」」

二人は汗だくになりながら、同時に空皿を甘露(かんろ)に差し出した。不気味なほどに呼吸が合っている。

「そう言うと思って、美味ねえとイータさんには、おかわり専用の大釜を用意しました。キャンプ仕様なので、おかわりは自分でよそってください。セルフです」

「わーい！」

「あ、狡いぞミミ、私が先だ！」

美味が大釜に向かって走り出し、イータがその後を大急ぎで追う。その姿は何とも幼く、それでいて純粋そのものであった。

「イータ様、あんなに夢中になって……」

「……わ、私も食べてみようかしら？　その、食べず嫌いは良くないと思うし、ね？」

「そ、そうだな。私も食すとしよう」

「フッ、イータのあのような姿、久しく見ていなかったな。どれ、ワシも試してみようか」

おかわりする美味達に続くように、里のエルフ達もカレーを口にし始める。

「「「ッッッ!!!???」」」

その後の反応は皆同じであった。まず辛さに驚き汗が噴き出し、それでも後を引く美味しさに引き寄せられ、またカレーを口にする。そしてまた驚き——という、一連の流れが形成されたのだ。少食かつ偏食である筈のエルフ達は、気が付けば目の前のカレーを見事完食。酒で摂取していたアルコールもすっかりと吹き飛び、見るからに健康体になっていた。

「カレーは栄養満点、一説によれば、美容効果や整腸作用もあるのだとか。まあ、一番の利点は美味しいところですけどね。モグパク」

「ああっ! 甘露ちゃんのカレーにだけ、卵っぽいのが乗ってる!」

「むうっ! それはもしや、以前に燻製(くんせい)した卵ではないか!? 作った分は全部食べてしまったのではなかったのか!?」

「ッチ、バレてしまいましたか。これはあれです、調理者権限です。こんな事もあろうかと、自分用に少しだけ残していたんです」

「「狡(ずる)い!」」

「狡くありません。個人で消費した個数は美味ねえ、イータさんと同じです。ただ単に、この日の為に数個だけ残していただけですもん」

「「うう〜〜〜！」」

それは悔しさの表れだろうか。美味とイータはグリーンカレーを山盛りにし、その後に何度もおかわりした。結果、美味しかったので満足したという。

美味&イータ専用のおかわり大釜は空となった。つまるところ、彼女らはカレーを食い尽くしたのだ。ただ、それ以上に料理を要求する事はなく、今は椅子に腰かけ、双方とも満足そうに腹をさすっている。そう、二人はグリーンカレーを大量に食す事で、遂に食欲を満たしたのだ。

里のエルフ達の満足度も同様で、外だというのに今は満足そうにその辺に寝転がっている。行儀の良さをそれなりに重視する彼らしくない行いであるが、それほどに今回の食事は衝撃的であったのだ。中にはカレーをおかわりする者もいて、食に対する改革が起こったと言っても、あながち間違いではないだろう。

「お姉ちゃん、頑張った甲斐があった……後はもう寝たい……」

「里が救われ、腹も満足になるまで満たした……果たして、これ以上の幸せがあるだろうか……？　いや、ない……」

「満足するのは良いですけど、この後に後片付けがありますからね？」

至福の時を過ごしたその後、エルフ達は各々のタイミングで現実に戻り、片付けをする者、そのまま酒盛りを継続する者、お眠の時間なので就寝する子供と、それぞれの道を歩む事となる。美味達はというと——

「の、野宿でよろしいのですかな？　遠慮されずとも、こちらで寝床を用意しますぞ？」

「いえ～、そろそろ一緒に寝てあげないと、うちのテントが拗ねてしまうので～」

「テ、テントが、ですかな……？」

——お眠の道を選ぶのであった。里の空きスペースの一部を借りて、サーカスを設置。美味は寝袋の中へと直行した。

「調理場での片付けがあるので、私はその後で就寝します。イータさんは？」

「久し振りの故郷だ。父上とまだまだ話したい事もあるし、私は家で休ませてもらうよ。父上が良い酒を隠している事だしな」

「むっ……イータ、知っておったのか？」

「当然ですとも。ああ、カンロも一緒にどうだ？　歓迎するぞ？」

「有り難い申し出ですが、私は見た目通りの未成年ですので。もう何年か経ったら、また誘ってください」

「フッ、承知した。……ちなみになんだが、可能であれば何かこう、酒のつまみ的なものを作れたりしないか？」

「イータ、まだ食べるのか……」

底知れぬ愛娘の食欲に、改めて驚かされるオクイ。その後、イータは甘露が即興で作ったつまみを手に、ホクホク顔で実家へと帰って行くのであった。

◇　◇　◇

翌日、出発の時。諸々の出発準備を終えた美味と甘露は、里の入り口にてエルフ達と別れの挨拶をしていた。

「お姉ちゃん達、もっとゆっくりして行けば良いのに～」

「ね～、つまらな～い」

二人と友達になったエルフの子供達は、とても残念そうに、そして駄々をこねるように口を尖らせていた。その様子が何だか微笑ましくて、周りからは自然と笑みがこぼれる。

「確かに、子供達の言う事は尤もかもしれませんね。ミミ殿とカンロ殿には返し切れない恩があります。里に滞在して頂ければ、私達も歓迎致しますよ」

「え、良いんですか!? 私達、一日三食間食込みで、毎回昨夜に似た量を食べますよ!?」

「皆、偉大なる冒険者、ミミ殿とカンロ殿のお帰りだ！　里の者総出で、景気良く見送ろうじゃないか！」

「ありがとう、お二人ともー！　お元気でー！」

「心の底から感謝しています！　本当に本当にお達者でー！」

貰った恩以上の危機感を抱いたエルフ達は、そう叫んで美味と甘露に大きく手を振る。

どんな恩人が相手でも、里の食料を食い尽くされてしまっては、流石に堪らないのである。

相変わらず残念そうな子供達は兎も角として、彼らの反応は当然だろう。

「おーい、ミミにカンロ！　勝手に出発しないでくれ！」

里の奥の方から、荷物を持ったイータが走って来る。少し遅れて、その後ろからは族長のオクイ、メイドのエボンも続いていた。

「イータさん、大丈夫ですって。勝手に出発なんてしませんから～。何なら、お昼も頂いてから出発します？」

「それは良い案ですね、美味ねえ。是非とも、私もご一緒したいです」

「「「えっ!?」」」

全く同じタイミングで声が重なるエルフ一同。

「そんなに里の者達を虐めないでやってくれ。朝食は何とか誤魔化したが、これ以上は里の備蓄が不味い事になる」

「えへへ、了解です。なら昼食時間になる前に、急いで出発するとしましょうか」

「イータさんが一緒だと、食費も馬鹿にならないですからね。有用な依頼は早い者勝ち、早く出発するに越した事はありません」

「「「ホッ……」」」

全く同じタイミングでホッとするエルフ一同。

「ミミ殿、カンロ殿」

「あっ、オクイ族長！　色々とお世話になりました～。エルフの里の伝統料理、とっても美味しかったです！　また来ますね！」

「ほっほっほ、それは今から楽しみですな。ですが、その時は是非とも手加減してくださされ。それと、此度はイータの我が儘を聞いてくださり、本当にありがとうございます。……今更ですが、本当に良かったのでしょうか？　イータをお二人の旅に同行させるなどという、かなり無理なお願いだった筈ですが」

話は早朝に遡る。朝食を食べる美味と甘露に対し、イータがとある事を懇願しに来たのだ。黒鴉姉妹の冒険に、今後も同行したい、と。話を聞けば、昨夜家に戻ってから、オクイとその事について話し合ったのだという。最初こそ反対されたが、粘り強く交渉した結果、「二人の許しが出たら」という言葉を引き出す事に成功したらしい。

次期族長として更なる見聞を広める為、そしてグリーンカレーで食に目覚めた里のエルフ達を代表して、外の世界の料理を学んで来る為——とまあ、イータが挙げた理由はその他にも色々あったが、一番は美味や甘露と、もっと一緒に旅をしたいと思ったから、なんだそうだ。

『オッケー！　ボーノな旅を共に目指しましょう！　イエイイエイ！』

『依頼達成の為、冒険者は協力者を呼ぶ事も珍しくないですからね。イータさんはその枠でいきましょう。報酬は折半で』

そんな突然の申し出であったが、美味と甘露はこれを快諾した。もしかしたら、何となくこんな風になると分かっていたのかもしれない。何と言っても、美味は勘が鋭く、甘露は計算高いのだから。

「いえいえ、無理だなんてそんな。何だかイータさんは他人な気がしませんし、これまでも楽しく旅をして来られましたから！　ねっ、甘露ちゃん？」

「ええ、食費は馬鹿になりませんが」

「本当に申し訳ない……」

頭を下げるオクイ。

「もう、甘露ちゃんったらそればっかり！　大丈夫ですよ、食費なんて依頼をこなせば一発ですから！　むしろ、どこで買うかの方が問題です！」

「それは確かに。見知った王都なら良いのですが、初めて使う店だと、気をつけないと色々と混乱させてしまいますからね」

「一度、軍の兵糧の買い付けかと勘違いされた事もあったよね。どこかで戦でも始まるんですか!?ってさ！」

「ああ、ありましたね。小さな村でしたから噂が広まるのも速くって、勘違いを訂正するのに苦労しましたっけ。あの過ちから学ぶ事は多かったです」

「なるほど、そんな事が……父上、やはり私が外の世界で学ぶべき事は多そうです。私が沢山の事を学び、立派になって帰って来るのを楽しみにしていてください！」

「う、うむ……？」

　学ぶべき点が少しずれているような、と、苦笑するオクイ。まあ、何事も経験である。

「それでは皆の者、行って来る！　たまには肉も食べるのだぞ！」

「うむ、行って来い！　偉大なる我が子よ！」

「イータ様、いってらっしゃ～い。お姉ちゃん達も、グッバイ、ハバナイスデ～」

「うおおおぉ――――ん！　どうがご無事でぇ――――！　日々の歯磨きも忘れずにぃ――――！」

「エ、エボンさん、泣き過ぎだって。水分不足で干涸びるぞ……」

　こうして三人はいつまでも続く声援を背に、新たなる冒険へと旅立つのであった。

くろうみみ
黒鵜美味
16歳 / 女
人間 / 剣士(食)
レベル：87
称　号：プロテアイーター
H　P：1924/1924
M　P：286/286
筋　力：927
耐　久：894
敏　捷：715
魔　力：260
幸　運：677
装　備：魔剣イワカム(S級)
レザーグラブ(E級)
エプロンアーマー(C級)
ブルーリボン(E級)
レザーブーツ(E級)
スキル：剣術(食)(固有スキル)
解体(食)(固有スキル)
察知(食)(固有スキル)
補助効果：世界の呪い

黒鴉甘露

(くろうかんろ)

12歳 / 女

上級吸血鬼(アークヴァンパイア) / 錬金術師(食)

レベル：87

称　号：プロテアイーター

H　P：576/576

M　P：1838/1838

筋　力：266

耐　久：292

敏　捷：400

魔　力：1501

幸　運：1117

装　備：錬金術師のポーチ(A級)
　　　　テンレイローブ(C級)
　　　　レザーブーツ(E級)

スキル：錬金術(食)(固有スキル)
　　　　鑑定眼(食)(固有スキル)
　　　　吸血(食)(固有スキル)

補助効果：世界の呪い

イータ

183歳 / 女

エルフ / 青魔導士

レベル：81

称　号：大自然主義者

H　P：730/730

M　P：1241/1241

筋　力：455

耐　久：372

敏　捷：532

魔　力：934(+160)

幸　運：520

装　備：ロンググローブ(D級)
大自然の衣(C級)
深森の髪飾り(C級)
ロングブーツ(D級)

スキル：弓術(B級) / 青魔法(A級)
大食い(S級) / 鉄の胃(A級)
消化(A級) / 味覚(A級)
隠密(C級) / 強魔(B級)

補助効果：大自然の加護

特別編　味噌ヴィーナス

美味と甘露が王都にて冒険者の登録をし、F級からスタートしたばかりの頃、二人は食材の採取や討伐以外にも、雑用に近い依頼を受ける事があった。F級依頼の雑用と言えば、下水掃除や家事代行、隣村への買い出しといった内容が多いのだが、その中で美味らが選んだ依頼はと言うと――

「――ペットの猫ちゃんが行方不明、ですか？」

「そうなのよ～、うちのニドちゃんがね～。背中の毛がトゲトゲしてるのが特徴で～、ニードルキャットっていう種族なんだけど～、数日前から帰って来ないのよ～。どこかで迷子になっているんじゃないかって～、心配で～心配で～」

ゆったり口調の依頼主の家にて、依頼の詳細を伺う黒鵜姉妹。どうやら依頼はペットの捜索願いで、猫型モンスターを捜すというものであるらしい。しかし、なぜ美味達はこの依頼を受ける事にしたのだろうか？　二人の力は食が目的にならなければ、その効果を一切発揮しないというものだ。つまるところ、ペット捜しが目的になってしまうと、美味が持つ『察知（食）』も発動しないのである。このままでは猫を捜すという気が遠くなるほど地道な作業を、スキルなしで解決しなければならなくなってしまう。

「だから冒険者さんには～、うちのニドちゃんを捜してほしいのよ～。もちろん、依頼書にあった通りのお礼はさせてもらうわ～。ええっと～、うちの菜園で育てている美医茄子で良かったのかしら～？」

「はい！　それで万事問題なしです！　じゅるりらじゅるりら！」

「まさかF級の依頼で高級野菜を手に入れるチャンスがあるとは、幸運としか言いようがありませんね。じゅるりらじゅるりら」

既に唾液腺が麻痺している様子の二人。そう、二人がこの依頼を受けた最大の理由は、依頼報酬に高級野菜として知られる美医茄子が記されていたからだった。美医茄子と言えば茄子界の女王と呼ばれるほどの野菜であり、美味しいだけでなく大変に栄養価が高く、更には美容にも良いとされている。まだまだ駆け出しの冒険者である二人にとって、美医茄子はとてもではないが手を出す事ができない高価なものだ。それが依頼報酬になっているとすれば、美味達がこれを受けない選択肢はないのである。

また、これにより報酬＝目的＝美医茄子＝食材！　という図式が二人の中で成り立つ事にも繋がり、制限が科せられた食系スキルも問題なく運用できるようになった。目撃情報が街中のどこか、という曖昧な情報しかなかったとしても、食欲に任せて察知能力を働かせられる美味であれば、発見の可能性をぐっと高められるだろう。

「探し物や捜索の依頼って～、冒険者の人にあんまり人気がないのよね～。労力に対して報酬が釣り合わないとか～、確かそんな理由だったかしら～？　かと言って～、報酬に大金を積む訳にはいかなかったから～、私自慢のお野菜を報酬にしてみた訳なのよ～。そしたらビックリ～、直ぐにこんなに可愛い冒険者さんが来てくれたの～」

「お褒めの言葉、ありがとうございます。確かにそういった地道な仕事は、あまり冒険者の気質に合っていないのかもしれませんね。まあ、中にはそういった仕事を主軸とする冒険者もいるようですが」

「んー、お姉ちゃんは報酬が美味しいものなら、特に仕事内容は気にしない派かな？　それこそ、下水掃除だってバッチ来い、だよ！」

「ふふ～、可愛い上に面白い冒険者さん達ね～。それじゃ、正式に依頼を受けるという事で良いかしら～？」

「モチのローストチキンです！」

「はへ～？」

「失礼、意訳すると、お受けしますと言っています」

こうして美味と甘露は、迷い猫捜しの依頼を引き受ける事となった。

「ニドちゃんの目撃情報なんだけど～、この辺と～、その辺と～、それからあの辺も～」

王都の地図を取り出した依頼主は、大量の目撃ポイントをそこに示していった。その数は実に数十を超えている。口調はゆったりなのに、依頼内容はなかなか手厳しい。

「なるほど、要は王都全域が捜索範囲という訳ですね！　こいつぁシビアなお仕事になりそうだよ！」

「察知に頼るとしても、何かしらのヒントは欲しいですね……すみません、ニドちゃんの好物を教えてもらっても良いですか？　できれば、誘き寄せる為に少し分けて頂ければ。あと、ニドちゃんのにおいが分かるものがあれば、それもお借りしたいです」

「もちろん良いわよ～。まずニドちゃんの好物を教えるとね～、それはズバリ味噌なのよ～」

「「味噌!?」」

美味と甘露の声が丁度合わさる。それもその筈、二人はこのファンタジー世界に味噌があるとは、全く思っていなかったのだ。そんな純粋な驚きに続いて、次にどうにかしてその味噌も融通してもらえないか、もしくはどこで購入できるか聞き出せないか、そんな思考へとシフトしていく訳だが――その前に。

「甘露ちゃん、味噌って猫が食べても良いんだっけ？　猫まんまとかって聞くけど……」

「わ、私もそこまで詳しくはないので……確か塩分が問題だったので、そこを気をつければ大丈夫だったような、そうでもないような。そもそも元居た世界の猫とは殆ど別物ですし、ちょっと分かりかねますね」

「じゃあ、言われた通りその味噌を餌にしてみる？」

「ええ、依頼主さんがそう仰っているので。実際に食べさせないまでも、味噌の香りで釣られるかもしれませんし」

話し合いの結果、美味達は味噌を撒き餌にする事としたようだ。そして、成功報酬のオマケとして少し融通してもらう事にもなった。満足のいく交渉ができ、黒鴉姉妹は既にホクホク顔だ。

「においの分かるものだけど～、ニドちゃんがよく使っていたクッションでも良いかしら～？」

「それでノープロブレムです！　では、ちょっと失礼して……クンクン、クンクン！」

「ぼ、冒険者さ～ん……？」

クッションを手渡された美味が、そこに顔を埋めて直ににおいを嗅ぎ出した。結構な勢いで顔を埋めた為、ゆったり依頼主も少し驚いてしまっている。

「驚かせてしまい、申し訳ありません。ですが、これは必要な事なので。今の美味ねえは察知能力が備わっただけでなく、嗅覚をはじめとした五感にも優れた状態にあるのです。それこそ、犬よりも正確なくらいでして」

「はえ～、冒険者さんにはそんな力もあるのね～。私ったら無知だったわ～」

「クンカクンカ！」

感心する依頼主を余所に、更ににおいを嗅ぎ続ける美味。その行為はあまり褒められた見た目ではないが、美味は一切気にする様子もなく、捜索のヒントを懸命に掴もうとしていた。そしてその数秒後、美味はクッションから顔を上げる。

「よっし、お姉ちゃん完全に覚えちゃった！　これで他の猫との嗅ぎ分けも可能だよ！　確信的かつ革新的嗅ぎ分け！」

「お疲れ様です、美味ねえ。それはそれとして、顔に猫の毛がついてますよ」

「道理で少しムズムズするなと！」

「ふふ～」

甘露に猫の毛を取ってもらう美味、その様子を見て苦笑するゆったり依頼主。何はともあれ、いよいよ捜索スタートである。

「頑張ってね～」

「はーい、頑張りまーす！　味噌と茄子の準備、よろしくお願いしまーす！」

「美味ねえ、手を振るのはその辺にしておきましょう。それで、真新しいにおいはどちらからします？」

「えっとね……あっち！」

ニドちゃんのにおいは王都全体から無数に漂っていたが、美味はその中から真新しいにおいを選び取り、正確に現在の居場所を導き出していった。時にメインストリートを歩き、時に路地裏へと進み、時に塀の上を渡り、時に屋根にも登り――

「ミミちゃんにカンロちゃーん！　そんなところで何をしているんだーい!?　危ないよー！」

屋根から屋根へとニドちゃんの移動経路を辿っている最中、街の住民から心配されて声を掛けられる。同業者の冒険者達からは、出会い頭にトラウマを植え付けてしまったせいで、何かと怖がられてしまう黒鵜姉妹。しかし、それ以外の王都の人々とは問題なく仲良く付き合っている為、こうして普通に話し掛けられる事も珍しくはない。というか、捜索を始めて声を掛けられるのは、これでもう三回目になる。

「すみませーん！　依頼で迷子の猫ちゃんを捜している最中なんですー！　においの方向からして、この屋根上を通ったようでしてー！」

「お騒がせしています。家主の方には許可を貰っていますので、どうかご心配なさらず」

「あ、そうなのかい？　余計な心配をしちゃったな。でも危ない事には変わりないんだから、気を付けて歩くんだよー！」

「はーい！　ありがとうございまーす！」

「了解です」

ペコリとお辞儀をし、気を付けながら屋根を通過する黒鵜姉妹。そうやってにおいを辿り、険しい道のりを踏破した先に待っていたのは――街外れにある、古びたお屋敷であった。

「ここですか？」

「うん、間違いない！　ニドちゃんはこの先に居るよ！　お姉ちゃんのお腹の減り具合からして、まず間違いないよ！」

確信を持って頷いてみせる美味。どうやらこの屋敷は無人のようで、誰も住まなくなってから暫くの年月が経過しているようだった。庭先に繋がる門に鍵は掛かっていないようで、入ろうと思えば簡単に入れる状態だ。

「ザ・不用心！　けど、うーん……入るにしても、ここの管理人さんに許可を貰った方が良いよね？　前もって！」

「ですね。となれば、急いで確認をしませんと。この屋敷の持ち主を調べているうちに、猫が別の場所に行ってしまっては、また面倒な事に――」

「――お嬢さん達、屋敷に入りたいのかの？」

美味と甘露が相談をしていると、不意に背後から老人のものらしき声が聞こえて来た。二人が声の方へと振り向くと、そこには身なりの良いお爺さんの姿が。

「えっと、お爺さんは？」

「ああ、急に話し掛けてすまないね。一応、この屋敷はワシの所有物でな。まあ、十数年も前に亡くなった兄から相続したもので、屋敷はその頃から放置したままなんじゃが」

「おお、お屋敷の所有者！　甘露ちゃん、ナイスなタイミングにナイスなパーソンだよ！」

「パーソン？」

「失礼、姉の言葉は深く考えなくても大丈夫です。実は私達は冒険者でして、依頼で行方不明の猫を捜しているところでして。それで、どうやらこのお屋敷の敷地内に、その猫が入ってしまったようで……」

「ああ、なるほど、そういう事かい。ええよ、中に入っても。外見こそ立派な屋敷だが、何か高価なもんがある訳でもないからのう」

「え、そんな簡単に良いんですか？」

「ええ、ええ。ただ、さっきも言った通り、人が住まなくなって暫く経つ屋敷じゃ。冒険者さんならワシが注意するまでもないじゃろうが、それでも十分に気を付けておくれ。最近じゃ夜中に人のものとは思えん苦し気な声が聞こえた、誰もいない筈の部屋の窓に動く影を見た、なんて噂もある。十中八九与太話じゃろうが、もしもの事があるからのう。っと、無駄に怖がらせてしまったかな？　ホッホッホ」

　そう言って、いたずらっぽく笑ってみせる老人。どうやら随分とお茶目な性格をしているようで、老人は美味と甘露を怖がらせたかったようだ。

　……しかし、当の二人はと言うと、こんな事を考えていた。

「幽霊……」

甘露は思った。幽霊っぽいモンスターがいたら、その素材と『錬金術（食）』のスキルを使って、保冷的な役割を持つアイテムを作れないだろうか、と。『保管』機能付きのカバンを買うにはお金が足りないし、仮にそれがあれば、遠出する際に凄く便利なのではないか、と。

「お化け！」

美味は思った。そう言えば幽霊って食べた事がないな、人型じゃなければ料理の材料になり得るんじゃないかな、と。メニュー画面があれだけ斬新な味わいだったのだから、実体のない霊体も調理次第では食べられるかも、いや、甘露ならば絶対に料理として纏めてくれるだろう、と。

「『幽霊、出たら良いですね！』」

「いや、良くないぞい!?」

予想外過ぎるポジティブな反応に、老人は逆に驚かされてしまったようだ。

「ええっ、ここは怖がって逃げ帰るところじゃ……ええ～……？」

「それじゃ許可も貰った事だし、ニドちゃん捜しを再開しよっか！　あわよくば霊的食材も手に入れようか！」

「ですね。猫が移動しないうちに再開しましょう。そして、あわよくば便利グッズ開発の礎になって頂きましょう」

　二人は全く臆する事なく、さっさと屋敷の敷地内へと入って行ってしまった。残された老人は未だ驚きの中におり、ただただ二人の背中を見送る事しかできなかった。

「冒険者には変人が多いと聞いておったが、あんなお嬢さん達まで変人なのか……いやはや、世界は広いわい」

　否、変人なのは極一部、それこそ美味や甘露といったレアケースの存在のみで――まあ、そんな話はさて置き、二人はニドちゃんのにおいを辿り、屋敷の中へと足を踏み入れる事に成功する。

「ボロボロにボロいね！　それよりも、お姉ちゃんは鶏そぼろの方が好き！　そぼろ弁当！」

「埃に蜘蛛の巣だらけですね。本当にそのまま放置していたようです。美味ねえ、こんな状態ですが、引き続きにおいは辿れそうですか？」

「うん、それは大丈夫。私の鼻、しっかりニドちゃんをロックオンしてるから！　こっちだよ！」

　ズダダダダッと、ロックオン先に向かって駆け出す美味。甘露もその後を追う。

「食ざ――お化け、出ないね～」

「至極残念ですね。まだ昼間だからでしょうか？　人を驚かせるのが仕事なら、もう少しサービスしてほしいものです」

移動中、そんな無茶苦茶な会話を挟みつつ、二人は幽霊の出現に期待を寄せていた。しかし、道中に幽霊が出現する様子は一切なく、若干しょんぼり。

「あ」

「むっ」

しょんぼり姉妹の目の前に、古ぼけた扉が現れる。屋敷の二階部分、その最奥に当たる部屋の扉だ。半開きの状態で、ギィギィと不気味な音が鳴っている。

「最新版ニドちゃんのにおい、この扉の奥からしてるよ！」

「それは重畳、本当に美味ねえの鼻は頼りになります。ついでに幽霊のにおいも分かれば万々歳なのですが」

「それはお姉ちゃんも心底思う！　でも残念、幽霊は無臭！」

扉の音なんて何のその、それどころか、二人は未だに幽霊との出会いを諦め切れていない様子だ。しかし、今はそんな事よりも目的の猫、二人は早速部屋の中へと突入する事にした。

「はい、ドーン！」

「美味ねえ、猫が逃げてしまいますので、できればもう少し静かに——って、んんっ？」

「どうしたの、甘露ちゃ——んんっ？」

部屋の内部を目にした瞬間、姉妹は揃って首を傾げた。

そこは物置部屋であるらしく、様々なものがそこかしこに、雑多に放置されていた。よく分からない変な形状の壺などもあるが、所有者である老人が高価なものはないと言っていたので、それほど価値のあるものではないのだろう。尤も、美味と甘露はそのようなものに対して、欠片も視線が向かなかった。二人が関心を抱いたのは、この場所にあるには全く適していない、何ともミスマッチなものであったのだ。

「部屋の中にテントを張ってる！」

そう、物置部屋のど真ん中に、テントが張ってあったのだ。なぜに屋敷にテント？　という至極当然な疑問が生じ、二人は首を傾げに傾げまくっていた訳だ。しかも。

「ウニャ〜〜〜！　ウニャニャ〜〜〜！」

「あっ、猫ちゃんの声！」

そのテントの中より、連続した猫の声が聞こえて来るではないか。猫の声は悲鳴染みたもので、まるで誰かに助けを求めているようでもあった。

「美味ねえ！」

「うん、まっかせて！」

謎のテントの中にニドちゃんが居る事を察した美味は、直ぐ様駆け出し救出に向かった。ニドちゃんがモンスターに襲われでもしていたら、それこそ一大事である。魔剣イワカムを握り直し、美味はテントに手をかけて中身を確認する。……しかし。

「ん、んんっ？」

中身を確認した美味は、再び首を傾げていた。

「美味ねえ？　どうしたんです？」

「いや、それが……お姉ちゃん、上手く説明できないや。甘露ちゃんも直接見て～」

「……？」

あたふたした様子の美味にそう言われ、甘露もテントの中身を確認する。

「ぬう、ぬう」

「ウニャア～～！」

「……何ですか、これ？」

テントの中に居たのは、ハリネズミの姿に似た猫だけで、他には誰もいなかった。鳴き声こそ「ぬう」であるが、トゲトゲした見た目からして、この猫がニードルキャットのニドちゃんで間違いないだろう。……ないだろうか？

「ぬう、ぬう」

「この猫ちゃん、何かぬうぬう言ってるよ！　この猫ちゃ、猫ちゃん……？　が、ニドちゃんで合ってるのかな!?」

「いや、それ猫の鳴き声じゃないですし。何ですか、ぬうって」

尤もな疑問であった。

「あれ？　それじゃあ、さっきの猫の声は一体？」

「ウニャニャ！」

「あ、また猫の声がした」

「……美味ねえ、この声、テントから発せられていませんか？」

「ニャ――――！」

「あ、ホントだ！　摩訶不思議体験！」

「マジックアイテム、いえ、モンスターの一種でしょうか？」

猫の声がテントのものである事を確認した二人。しかし、未だにこの奇妙な状況は謎のままだ。針を押し付ける行為が好意の表れ、所謂求愛行動の一種なのか、ニドちゃんは「ぬう、ぬう」鳴きながら、テントの内側に向かって背中の針を押し付け続けている。謎のテントは自ら移動する事ができないのか、ただただ悲鳴染みた鳴き声を上げる事しかできないようで。

「ニドちゃん、その辺にしてあげよ？　それは仲間の猫じゃないよ？」

「ぬう？」

餌の味噌を使うまでもなく、美味に抱えられ無事に確保されるニドちゃん。その針は見た目よりも柔らかく、美味が触れる分には特に問題ないようだ。ニドちゃん自身も大人しく、そこから暴れ出すような様子はない。

「ニャ、ニャ〜……」

猫の鳴き声がする謎生物(テント)から、安堵(あんど)の声が聞こえて来る。微妙に柔らかい針でぐりぐりされる事が、どうやらこのテントにとっての擽(くすぐ)りに当たっていたらしい。

「ニャニャ、ニャ〜ニャ〜!」

お前ら、一応感謝してやるよ。そいつ、なんでか『猫睨(ねこにらみ)』が効かないし、隠密(おんみつ)状態も普通に見破って来るわで困ってたんだよ。まあ、中で寝てくれたりもしたから、腹の足しにはなってたんだけどな!……と、そんな風な事を言っているような気がするテント。もちろん気のせいなので、美味と甘露にその言葉の意味は通じていない。

「甘露ちゃん、このテントってモンスターなのかな? どこか怪我(けが)とかしてない?」

「どうでしょう? ちょっと待ってください。調べてみます」

「ニャー、フニャニャ!」

おいおい、そんなに俺を見詰めるなって。どこも怪我なんかしてないって。この通り元気も元気だよ、へへッ!……と、そんなニュアンス。

「あ、これ、ミミックの亜種ですね」

「ミミック? それって、宝箱とかに擬態する、あの?」

「です。恐らくですが、夜中に変な声が聞こえたという噂は、このテント型のミミックが原因でしょう。窓に見えた動く影は……まあ、彼に会いに来た猫のものでしょうね」

「ニャン？　ニャンニャンニャン」

あれ、もしかして自分って有名になってた？　いやあ、困っちゃうなぁ。参ったなぁ。

「へ～、そうなんだね～。……で、調理したら、どんな料理に変身しそう？　どんな味？　どんな食感？」

「……ニャ？」

ふぁ？　と、そんな唖然としたような声を出してしまう謎のテント、もといミミック亜種。

そう、美味はテントが怪我をして弱っていないか、博愛の精神で心配していた訳ではない。……食材が傷んで味が落ちていないか、そちらの方を心配していたのだ！

「ミミックなら食べられる箇所もあるんじゃないかな？　ほら、よくある箱型の擬態モンスターなら、内側に肉が詰まってるイメージだし！　そこを削ぎ落とせば、マグロの中落ちみたいに美味しい感じにならないかな!?　ミミックの舌とかは、言ってしまえばタン塩そのものだよね！　あ、お姉ちゃんタン塩、タン塩が食べたい！　中落ちも食べたい！　どっちも食べた事ないもん！」

「ハウニャヤッッ!?」

最早遠慮や配慮という言葉が微塵もない、ぶっちゃけトークをかます美味。実のところ、結構お腹が減っていたようだ。

「……そうなれば最高でしたが、どうやら世の中、そう上手く事は運ばないようです」

「えっ、どういう事なの、甘露ちゃん!?」

「このミミック、可食部が一切ないんです……！」

「……え、ええ――ッッ!?」

魔剣イワカムをカランと床に落とし、頬に手を当てながらショックを受ける美味。今日一番のショック、否、この世界に転生してからの、一番のショックであった。

「う、嘘、だよね？　嘘って言って、甘露ちゃん！　食べる場所が一切ないって、生物として間違っているよ！」

「私だって、私だって認めたくはないんです！　私だって、中落ちにタン塩が食べたい！ですが、この『鑑定眼（食）』がそう言っているんです！」

「な、なんてこった……！」

ショックの波は次々と連鎖していき、美味と甘露は立ち直れないほどに打ちのめされていた。ミミック亜種はそれ以上声を発せず、この珍妙な状況を見守る事しかできない。

「クッ、こんな屈辱、久し振りです……！　まさか、本当に可食部が一切ないなんて……！」

「甘露ちゃん、元気出して！　大丈夫だよ、お姉ちゃんは甘露ちゃんの成長を待てる、良いお姉ちゃんだから！　今は無理でも、未来の可能性は無限大だよ！　現に、お姉ちゃんは今！　何とか辛うじてギリギリ立ち直った！」

「み、美味ねえ……！」

「ニャー……」

本気で悔しがる甘露と、そんな彼女を本気で慰める美味。そんな黒鴉姉妹の様子に、ミミック亜種は思わず「マジかよこいつら……」と、恐怖を通り越して呆れてしまっていた。

「美味ねえ、ありがとうございます。私も何とか辛うじてギリギリ立ち直る事ができました。まあ、無理なら無理、過ぎた事を悔やんでも仕方ありませんもんね。折角ですし、私の吸血鬼としての力を、この子で試してみましょう」

「……ニャ？」

え？　と、そんな呟きが無意識に出た次の瞬間、ミミック亜種の視界は血に染まっていた。

◇　◇　◇

屋敷でニドちゃんを発見し、ついでにミミック亜種を僕とした美味と甘露は、依頼主が待つ家へと戻った。

「ぬう、ぬう」

「まあまあ～、こんなに早くニドちゃんを見つけてくれるだなんて～。感謝してもし切れないわ～、可愛い冒険者さ～ん」

「いえいえ、私達は報酬の為に依頼を全うしたまで、ですので！」

「はい、全ては報酬の美医茄子と味噌の為、それ以上でも以下でもないのです」

自分の欲望に正直過ぎる黒鵜姉妹は、ぶっちゃけトークをここでも発揮させていた。

「ああ～、そうだったわね～。もちろん準備しているわ～。は～い、これ～」

「「わあ！」」

収穫されたばかりの美医茄子の山、そして瓶詰めされた味噌を見て、キラキラと瞳を輝かせる二人。次いで、腹から大きな音も鳴る。ぐう、と。

「か、甘露ちゃん、お姉ちゃんそろそろお腹が、お腹が減って……！」

「偶然ですね。屋敷で無駄にショックを受けて、私も丁度そんな腹具合になっていたところなんです。あの、すみませんがその美医茄子、ここのお庭で調理しても良いでしょうか？」

「ここで～？　もちろん良いけど～、調理場は使わなくて良いの～？」

「はい、場所さえ提供して頂ければ。美味ねえ、さっきお爺さんから頂いた、あの変な形の壺を」

「あいあーい！」

ズン！　と、美味が抱えていた壺を地面に置いた。壺は何とも言えない奇妙な形をしており、更には鉄製の持ち手らしきものが付けられている。総じて変、という印象を受ける壺だ。

「えっと〜、戻って来た時から気になってはいたのだけれど〜、その変な形の壺は何かしら〜？」

「これはですね、ニドちゃんの潜伏先でトラブルを解決したお礼として、お爺さんから頂いた品です！　どうです、良い感じに変な形でしょう？　摩訶不思議でしょう？」

「良い感じなのかは分からないけど〜、変な形ではあるわね〜」

「あのお爺さん、元々処分に困っていた感じでしたけどね。まあ私からすれば、変な形でも立派な材料です」

そう言って甘露は、変な壺に向けて『錬金術（食）』を発動させる。その瞬間に変な壺は輝き出し、何と鉄網と七輪に姿を変えていった。

「「あっ」」

但し、材料の特性をそのまま引き継いでしまったのか、七輪は変な形で完成してしまったようだが。

「……訂正します。やはり材料は選ぶべきですね」

「あはは、大丈夫だいじょーぶ！　料理に使えれば一緒だよー」

「あらあらあら～。これって何かの手品～？　手品師なの～？」

「いえ、錬金術師（食）です」

食材に器具は揃った。いよいよここから、本格的な調理が始まる。

「とはいえ、即興での調理ですからね。今日はシンプルに作りたいと思います」

「ほうほう、具体的には？」

「……茄子の味噌焼き、はどうです？」

「おお、それって焼きおにぎり的な!?　それってデリシャス!?」

「フフッ、噂に名高い高級野菜、美医茄子ですからね。デリシャスに決まってます。それ以外にあり得ません。あ、依頼主さんも如何です？」

「あらあらあら～、良いの～？　実は～、ちょうど小腹が減って～」

ゆったり依頼主、参戦決定。そうこうしているうちに甘露は七輪に火をつけ、パチパチと適度な強さに炎を調整していく。

「さて、炎はこんなものですね。次に簡単な下ごしらえ。美医茄子のへたを付けたまま、包丁で縦に二つ割りにします。更に切った断面に、格子状の切れ目をちょいちょいちょい」

「ちょいちょい！」

「断面に油を少々塗りまして、ここで次なる調味料を取り出します」

「あ！　それってもしかして！」

「そう、先ほど報酬として頂いた、この味噌です」

デン！　と、これ見よがしに味噌入り瓶を出す甘露。

「おおー！　お味噌！　本日の陰の主役ッ！」

「そこまで反応されちゃうと～、少し照れるわね～。それで～、それを塗るの～？」

「いえ、先に頂いた味噌に自前の白岩砂糖、ゴブ酒、すり胡麻等々を合わせて、即席味噌ダレを作っておきました」

デデン！　と、反対の手からこれ見よがしに味噌ダレの入った器を出す甘露。

「い、いつの間に!?」

「やっぱり手品よね～、これ～？」

「手早く調理しただけですって。基本的な調味料は、いつも少量だけ携帯しているので。ではでは、この味噌ダレを美医茄子の断面に塗って、と……そうしたら皮を下にして、七輪の網に投入」

「ああ、犯罪的な光景！」

「まあああ～」

投入する美医茄子の数は、一、二、三――以上。形状が変な七輪であるが、大きさは一般的なそれであり、美医茄子は三個までしか乗せる事ができないようだ。

「……今はまだ小さな七輪ですけど、将来的には大きな焚き火台に鉄網、鉄板もほしいですね。それこそ、私達の食欲にも応えてくれるくらいの」

「だねー。小さな七輪も風流だけど、私達は花より団子、花の下より鼻の下の舌だよねー」

「あれ～？　三人で食べる分には丁度良い大きさじゃないのかしら～？」

首を傾げる依頼主。一方の美味と甘露は、自分達の食欲を満たしてくれるであろう未来の調理器具を夢見ていた。……切実に、見ていたのだ。

「っと、調理中に夢を見ている場合じゃありませんね。この茄子達を完璧に育て上げ、立派な味噌ヴィーナスとして巣立たせなければ」

「そうだね！　そして私の口にインしないとね！」

「楽しみね～」

それから甘露は美医茄子に完璧な加熱を施し、立派な茄子の味噌焼き――味噌ヴィーナスとして育て上げるのであった。完成した料理からは香ばしい味噌の香りがし、より一層の空腹感を煽って来る。「私でその飢えを満たしなさい……」と、味噌ヴィーナスからそんな幻聴が聞こえて来そうだ。

「わあ、わあ、わあぁぁぁ！」

「本当に美味しそうね〜。茄子と味噌のシンプルなお料理なのに〜、まさかここまで空腹感が高まっちゃうなんて〜」

「さあ、どうぞ。熱々のうちにガブッといっちゃってください」

「いただきま〜す」

ガブッ！　と、同時に味噌ヴィーナスに噛みつく二人。

「……うみゃ――――い！　トロットロなのに果肉がジューシーで、そこに香ばしい味噌が、味噌がぁぁぁ！」

「あらあらうふふ〜。美医茄子が味噌の衣を纏っているみたいで〜、相性抜群〜。熱々で少し驚いちゃったけれど〜、そこがまた良いわね〜。気のせいかもしれないけど〜、口にすればするほど〜、お肌が若返って来るような〜？」

「美医茄子もそうですが、味噌もそれ単品で大変に栄養価の高い食品です。味噌は医者いらず、なんて言葉があるくらいですから。更にこの味噌、米味噌なので美肌・美白にも効果が期待できます。良い感じに相乗効果が現れたのかもしれませんね」

「まあ〜、そうなの〜？　私、お味噌の種類までは考えていなかったわ〜。冒険者さんは物知りなのね〜」

ガブッ！　艶ッ！　甘露がおかわり用の味噌ヴィーナスを調理している間にも、そんな擬音が次々に聞こえて来る。

「ングング……って、米ッ!? 甘露ちゃん、今お米って単語が出なかった!? お姉ちゃんの聞き間違えじゃないよね!?」

「聞き間違えじゃないですよ。どうやらこの世界、米もしっかりと存在しているようです。夢が広がりますね、モニュモニュ」

「～～～ッ! ギルドに戻ったら、ブルジョンさんに聞いてみよう! お米、どこで入手できますかって! ガブモグパクッ!」

今回の依頼で新たな夢と旅用テントなペットを手に入れた黒鵜姉妹。彼女らはまだまだ駆け出しの冒険者でしかないが、そう遠くない未来、色々な意味で名を轟（とどろ）かす事になる。

「そう言えば甘露ちゃん、サーカスにもご飯あげなくて良いの?」

「それがどうも、サーカスは食生活にも特殊な事情があるようでして。この味噌ヴィーナスは食べられないので、代わりのご飯をあげて来ました」

「ふーん?」

「ぬう、ぬう」

「ウニャ――――!?」

……サーカスの悲鳴の如（ごと）く、轟かす事になるのだ。

あとがき

『黒鴉(くろう)姉妹の異世界キャンプ飯1　ローストドラゴン×腹ペコ転生姉妹』をご購入くださり、誠にありがとうございます。セイヤセイヤ！　と、テンション高めの迷井豆腐(まよいどうふ)です。WEB小説版から引き続き本書を手にとって頂いた読者の皆様は、いつもご購読ありがとうございます。

『黒鴉姉妹のキャンプ飯』、如何(いかが)だったでしょうか？　現実には存在しない食材を入手し、スキル等々を使って美味(おい)しく調理、美味(うま)いぞーと平らげる！　大体がそんな流れの本作なのですが、料理メインのストーリーは私にとって初めての試みでした。その為(ため)なのか、新鮮な気持ちで書く事ができた作品でもあります。これまでの『黒の召喚士』や『黒鉄(くろがね)の魔法使い』は、隅から隅までバトルメインのものだったので、尚更(なおさら)にそう感じるのかなぁと思ったり。いえ、本作もそこそこバトルはあるんですけどね。バトル3：料理7くらいの黄金比です。

ところで話が変わりますけど、最近どうです？　雪、多くない？　多過ぎない？　作者はとある雪国に住んでいるのですが、今年は例年よりもかなり雪が多い感じがします。仕事の合間に頑張って雪を掻いても、翌日の朝にはもっさり積もっとります。車なんて雪だるま状態です。そして再び雪を掻き、ちょっとしたら雪を掻き！　また掻き！　掻いても掻いても、全然終わらねぇ！　もうね、無限ループですよ。子供の頃は雪を見てはしゃぐだけでしたが、今では肉体を疲労させるモンスターにしか見えねぇのです。そんな鬱憤を少しでも晴らす為、真冬にかき氷アイスを食べるのです。フハハ、雪は嫌いだが、お前は美味いぞ！　と、雪掻き後に高笑いをかまします。雪掻きの後はほんのり汗を流しているので、コタツや暖房もいりません。そのまま食えます。ふう、スッキリ。さあ、また雪掻きに行くか！　と、そこまでがセット。どうだい、君も雪国で体験してみないかい？

最後に、本書『黒鵜姉妹の異世界キャンプ飯』を製作するにあたって、可愛い！　美味しそう！　をイラストとして体現してくださったたん旦様、そして校正者様、忘れてはならない読者の皆様に感謝の意を申し上げます。それでは、次巻でもお会いできることを祈りつつ、引き続き『黒鵜姉妹の異世界キャンプ飯』をよろしくお願い致します。

迷井豆腐

作品のご感想、
ファンレターをお待ちしています

あて先
〒141-0031
東京都品川区西五反田 8-1-5 五反田光和ビル4階
オーバーラップ文庫編集部
「迷井豆腐」先生係／「たん旦」先生係

PC、スマホからWEBアンケートに答えてゲット！

★この書籍で使用しているイラストの『無料壁紙』
★さらに図書カード（1000円分）を毎月10名に抽選でプレゼント！

▶https://over-lap.co.jp/824001047
二次元バーコードまたはURLより本書へのアンケートにご協力ください。
オーバーラップ文庫公式HPのトップページからもアクセスいただけます。
※スマートフォンとPCからのアクセスにのみ対応しております。
※サイトへのアクセスや登録時に発生する通信費等はご負担ください。
※中学生以下の方は保護者の方の了承を得てから回答してください。

オーバーラップ文庫公式 HP ▶ https://over-lap.co.jp/lnv/

黒鵜姉妹の異世界キャンプ飯 1
ローストドラゴン×腹ペコ転生姉妹

発　　行　2022年2月25日　初版第一刷発行

著　　者　迷井豆腐
発 行 者　永田勝治
発 行 所　株式会社オーバーラップ
〒141-0031　東京都品川区西五反田 8-1-5
校正・DTP　株式会社鷗来堂
印刷・製本　大日本印刷株式会社

©2022 Doufu Mayoi
Printed in Japan ISBN 978-4-8240-0104-7 C0193

※本書の内容を無断で複製・複写・放送・データ配信などをすることは、固くお断り致します。
※乱丁本・落丁本はお取り替え致します。下記カスタマーサポートセンターまでご連絡ください。
※定価はカバーに表示してあります。
オーバーラップ　カスタマーサポート
電話：03-6219-0850／受付時間 10:00～18:00（土日祝日をのぞく）

黒鉄の魔法使い

KUROGANE NO MAHOUTSUKAI

［この師弟——最強にして最狂］

ある日、魔法使いであるデリスの元に「弟子入り志願」をしにやって来た桂城悠那。そのステータスの低さから見捨てられた彼女は、強くなって周囲を見返すことを望んでいるのだった。そんな悠那に興味を惹かれ、弟子にしたデリスだが、その実彼女は恐ろしいほどの武の才を秘めており……？

最強の魔法使いと、戦闘狂の弟子による“師弟”異世界ファンタジー、開幕！

著 迷井豆腐　イラスト にゅむ

シリーズ好評発売中!!

オーバーラップ文庫

The Berserker Rises to Greatness.

黒の召喚士

［この男、戦闘狂（バトルジャンキー）にして最強!!］

見知らぬ場所で目を覚ました男は、一切の記憶を失ってしまっていた。ガイド役に尋ねてみると、異世界へ転生する権利を得た彼は、前世の記憶を引き換えにしてレアスキルを獲得し、召喚士“ケルヴィン”として転生を果たしたらしい。しかも、この世界の女神メルフィーナまで配下に従えており——!?
最強の死神が、仲間とともに戦場を駆けるバトルファンタジー、堂々の開幕!!

著 迷井豆腐　イラスト ダイエクスト、黒銀（DIGS）

シリーズ好評発売中!!

第10回 オーバーラップ文庫大賞
原稿募集中！

イラスト：KeG

紡げ、魔法のような物語！

【賞金】

大賞…300万円
（3巻刊行確約＋コミカライズ確約）

金賞……100万円
（3巻刊行確約）

銀賞……30万円
（2巻刊行確約）

佳作……10万円

【締め切り】

第1ターン 2022年6月末日

第2ターン 2022年12月末日

各ターンの締め切り後4ヶ月以内に佳作を発表。通期で佳作に選出された作品の中から、「大賞」、「金賞」、「銀賞」を選出します。

投稿はオンラインで！ 結果も評価シートもサイトをチェック！

https://over-lap.co.jp/bunko/award/

〈オーバーラップ文庫大賞オンライン〉

※最新情報および応募詳細については上記サイトをご覧ください。
※紙での応募受付は行っておりません。